O NATIMORTO

Lourenço Mutarelli

O NATIMORTO
Um musical silencioso

3ª reimpressão

1

|

Entro na estação.
Estação rodoviária.
Estou ansioso.
Corro ao guichê.
Não ao que vende bilhetes,
ao que vende cigarros.
Um maço de Cowboys Light, por favor.
Analiso a frente do maço.
Com receio, viro.
Estampado,
o Natimorto.
Voo até a plataforma de desembarque.
Aguardo ansioso.
Tiro um pequeno bloco de notas.
Mentalizo:
o Natimorto.
Aguardo.
Estudo os novos arcanos.
Creio em meus pensamentos.
Ontem, foi:
"A Rainha despreza o Rei pelo que sai de sua boca".
E hoje me encontro aqui, esperando a cantora.
Mesmo advertido de que
"Em gestantes, o cigarro provoca partos prematuros e nascimento de crianças com peso abaixo do normal e facilidade de contrair asma",
acendo um cigarro.
O celular anuncia o chamado, numa velha sonata.

O Agente — Alô? Como vai, Maestro?
O Agente — Tudo, e você?

O Agente — Não, não... Já estou aqui.
O Agente — É, essa chuva vai atrasar tudo.
O Agente — Ela já deve estar chegando.
O Agente — Fique tranquilo. Eu não vou te decepcionar.
O Agente — Eu almoço com ela. Minha esposa está preparando algo especial.
O Agente — Isso, depois vamos direto pra aí.
O Agente — Isso, lá pelas duas e meia, três horas.
O Agente — O ônibus está chegando, a gente se fala.
O Agente — Um abraço para você também.

O ônibus estaciona.
Desce o primeiro.
Seguem mais nove.
Então, ela surge à porta.
Embora visivelmente cansada,
seus traços guardam uma sutil, delicada, quase invisível beleza.
Seus olhos me buscam.
Mas são os meus que a encontram.

A Voz — Nossa, eu quase passo direto pelo senhor.
O Agente — Por favor, não me chame de senhor.
A Voz — Me desculpe.

Ela beija meu rosto.

O Agente — Fez boa viagem?
A Voz — Foi tranquila. Dormi o tempo todo.
O Agente — Essa é a vantagem de viajar à noite, de ônibus leito.
A Voz — É.

Ela diz que fico bem de vermelho, por causa da camisa que visto.
Eu carrego sua mala. É curiosamente leve.

O Agente — Quer um café?
A Voz — Ah! Eu quero... E preciso comprar cigarros.
O Agente — Você ainda fuma?
A Voz — Como assim? Você deveria perguntar se eu fumo, não se eu ainda fumo... Afinal, não nos conhecemos há tanto tempo assim.
O Agente — É que todos estão parando, parando de fumar. Estão parando de fumar por causa da campanha. Por isso perguntei "se ainda"...
O Agente — Dois *espressos*, por favor.
Garçom — Puros?
O Agente — Como você quer o seu?
A Voz — Puro.
O Agente — Os dois puros.
A Voz — E me vê um maço de Cowboys Light.

O homem processa, ou *espressa*, o café.
Nos serve e vai buscar o cigarro.
Entrega.
Com rapidez, ela arranca o celofane.
Eu, no mesmo ritmo, ofereço a chama.

O Agente — Posso ver?
A Voz — O quê?
O Agente — O maço.
A Voz — Claro.
A Voz — Quer um?
O Agente — Não, só quero olhar a figura.
A Voz — Ah, são horríveis essas imagens.

O Agente — Talvez elas só pareçam horríveis.

O Agente — A Entubada.

A Voz — Que foi que disse?

O Agente — Ah! É, é como eu chamo esta figura aqui.

O Agente — Essa moça na cama de hospital... cheia de tubos...

A Voz — Já que você quis dar um nome a ela, por que não lhe deu um nome de mulher? Marta, por exemplo.

O Agente — Marta é um bom nome, já que ela está quase morta... Ha, ha, ha...

O Agente — Deixa eu tentar me explicar...

O Agente — Eu fumo um maço de cigarros por dia.

A Voz — Eu também, um pouco mais às vezes.

O Agente — Muito bem, essas figuras que eles estamparam nos maços para nos intimidar me causam uma sensação estranha. Além de um óbvio desconforto.

A Voz — São horríveis, às vezes eu chego a pensar em parar de fumar só para evitar esse confronto.

O Agente — Você está certa. Mas, além desse desconforto, elas me fazem pensar numa outra possibilidade.

A Voz — Qual?

O Agente — Quando eu era criança, morava com uma tia minha que punha cartas.

A Voz — Sei.

O Agente — Ela lia a sorte em velhas cartas de tarô, sabe?

A Voz — Claro.

O Agente — Pois então: aquelas cartas de tarô me causavam uma impressão de estranheza, um desconforto, um quase medo... Eu tinha uma sensação... As figuras daquele baralho me causavam uma sensação muito semelhante à que sinto quando contemplo essas figuras de advertência impressas nos cigarros. Me entende? E aí, como eu ia dizendo, eu fumo um maço por dia. Então, acho que a imagem vai prenunciar, de alguma forma, o destino desse dia. Deu para entender?

A Voz — Nossa! Que ideia fascinante. Mas isso quer dizer que você, de qualquer forma, só terá dias ruins?

O Agente — Não necessariamente. Por exemplo, no tarô, a carta sem nome, a carta de número treze que todos chamam de Morte, tem um aspecto terrível, mas muitas vezes ela pode representar uma coisa boa. Em contraponto, a carta intitulada a Casa de Deus ou a Torre pode prenunciar os piores desígnios.

A Voz — Você devia escrever sobre isso.

O Agente — Imagina. Eu não sou um escritor. Sou apenas um caça-talentos... poderíamos chamar assim.

A Voz — Mas fale mais sobre essa sua ideia. Eu estou realmente encantada com ela.

O Agente — Vamos nos sentar naquela mesinha. Quer outro café?

A Voz — Quero.

O Agente — Garçom, traz mais dois cafés. Nós vamos nos sentar na mesinha ali.

Garçom — Puros?

O Agente — Isso, os dois puros.

Puxo a cadeira para que ela sente.
Ela me olha com um sorriso.
Eu não lembrava que ela era bonita.
Ela, de fato, não tem uma beleza padrão.
Não é do tipo que chame a atenção, mas, a cada minuto que passa, vai se tornando cada vez mais bela.

O Agente — Onde estávamos?

A Voz — Na "Entubada".

O Agente — É. Isso.

Rimos.

O Agente — Então, como eu ia dizendo, essas imagens que os cigarros trazem em suas advertências... me causam o mesmo estranhamento que os arcanos do tarô. E note que mesmo as imagens do tarô não deixam de ser advertências.

A Voz — Essa ideia é maravilhosa. Eu ainda acho que você devia escrever sobre isso.

O Agente — Ora, ora... Eu não sei escrever. Não sou um escritor.

A Voz — Não seja por isso. Continue.

O Agente — Bom, eu não sei se você sabe... mas o tarô é o pai do baralho.

A Voz — É?

O Agente — É.

O Agente — Na verdade, os arcanos superiores, que são as cartas que vão do Mago ao Mundo, ou seja, as cartas que propriamente antecedem os naipes, ou, de fato, o baralho, nos contam uma história. Uma história velada.

A Voz — Sério? Elas contam uma história? E qual é a história?

O Agente — Logo, logo eu te conto.

O Agente — O que eu acho mais relevante é o seguinte: como a história que o tarô carregava era uma história paralela de uma sociedade secreta, e, logicamente, proibida e perseguida, eles inventaram um jogo: o baralho. E inseriram essa mensagem entre as cartas do jogo para que, dessa forma, sua mensagem pudesse correr livremente e só fosse percebida pelos iniciados. Está muito confuso?

A Voz — Não, não. Eu estou realmente fascinada com esse seu paralelo entre as fotos das embalagens de cigarros e os tais arcanos do tarô.

O Agente — Que bom.

O Agente — Finalmente encontrei alguém que se interessa pelas minhas bobeiras.

O Agente — Por falar nisso, a minha esposa insiste para que você se hospede lá em casa. Nós temos um quarto a mais. É bem espaçoso e confortável... Era para ser o quarto das crianças, mas nós nunca as tivemos... Minha esposa não consegue... você sabe... ela não é fértil.

A Voz — Sinto muito.

O Agente — Tudo bem, nós já estamos casados há sete anos... Um dia acabo me acostumando com esse feto.

O Agente — Nossa! Eu disse "feto"! Eu queria dizer "fato". "Fato" foi o que eu quis dizer, "fato".

A Voz — Será um prazer ficar na sua casa, longe da frieza dos hotéis.

O Agente — O prazer será meu. Prazer e honra em hospedá-la. A Voz da Pureza.

A Voz — Voz da Pureza?

O Agente — É. Foi como eu descrevi sua voz ao Maestro.

A Voz — Que bonito. Fico lisonjeada.

O Agente — Eu é que me encho de orgulho de apresentá-la ao mundo.

A Voz — Quantos arcanos há nos cigarros?

O Agente — Ah! Sabe que somente ontem eu comecei realmente a tentar cristalizar essa minha impressão? Assim, de cabeça, acho que são sete.

O Agente — Tem aquela imagem da mulher grávida; tem a do homem afrouxando a gravata; tem a do bebê, o Natimorto; qual mais?

A Voz — A da impotência: é um casal com uma moça bastante insatisfeita.

O Agente — É verdade, eu tinha me esquecido dessa. Então, creio que sejam oito.

A Voz — E no tarô, quantos são?

O Agente — São vinte e dois arcanos, contando com a carta sem número e a carta sem nome.

A Voz — Quer dizer que, além da carta sem nome, que você acaba de me dizer que é a... a Morte, existe também uma carta sem número?

O Agente — É. O Louco. A carta do homem que vaga sem destino... o errante.

O Agente — Mas veja bem: embora muitos coincidam no aspecto iconográfico, eu não penso que os arcanos dos maços de cigarros sejam meras transposições. Eu acredito que as imagens das fotos dos cigarros sejam na verdade prenúncios de novos arcanos, de novos tempos... Me entende?

Ela ri.
Um silêncio se acomoda em nossa pequena mesa.
Ela permanece sorrindo.
Sorrindo e balançando a cabeça, como se dissesse:
Ah! Só você mesmo.

E, mesmo cientes de que "Fumar causa câncer de pulmão", acendemos novos cigarros.

II

O Agente — Querida? Chegamos.
   O Agente — Entre.
   O Agente — Entre e, por favor, fique à vontade.
   O Agente — Querida!
   A Esposa — Vocês chegaram! Meu Deus! Eu estou tão emocionada em conhecê-la!
   A Esposa — Desde que ele a ouviu cantar, não fala em outra coisa.
   A Voz — O prazer é todo meu.

A Esposa — Como foi a viagem?
A Voz — Foi ótima.
A Esposa — Você não viaja de avião? Tem medo?
A Voz — Morro. Morro de medo. Preciso ter os pés firmes no chão.

Ha, ha, ha.
Ha, ha, ha.

A Esposa — Já está tudo pronto. É só o tempo de assar a carne.
A Esposa — Querido, sirva um aperitivo a ela.
O Agente — Claro.
A Esposa — Sabe, ele fala de você o tempo todo...
A Voz — De você também. É minha esposa pra cá, minha esposa pra lá...
A Esposa — E de você, então! É a Voz da Pureza pra lá, é a Voz da Pureza pra cá...
A Voz — Ele disse que estão casados há sete anos.
A Esposa — É, agora em abril completamos sete anos.

Sirvo os aperitivos.

A Esposa — Eu queria ter a honra de ouvi-la cantar. Será que é possível?
A Voz — Claro. Não faltará oportunidade.
A Esposa — Não. Você não entendeu. Eu queria ouvir agora!
O Agente — Agora?
A Esposa — Agora. Enquanto assa a carne.
A Voz — Bem... Assim, tão de repente...
A Esposa — Qual o problema? Só uma palhinha, não é assim que falam?
A Voz — Bom, você me pegou de surpresa...

O Agente — Querida... agora não é hora. Não é assim...
A Esposa — Por quê? Eu não posso? Ela é tão sofisticada que eu não posso ter a honra?
O Agente — Não é isso, querida. É que agora realmente não é hora. Além do mais, ela está cansada, acabou de fazer uma viagem.
A Esposa — Entendi. Então, meu querido, venha até a cozinha me ajudar com a carne.
O Agente — Vamos.
O Agente — Fique à vontade, Voz da Pureza.
A Voz — Eu estou bem.

Entramos na cozinha. A carne, as batatas e o molho assam.

A Esposa — Eu quero ouvir ela cantar.
O Agente — Você vai ouvir, mas não agora.
A Esposa — Isso é o que você pensa.
O Agente — Querida, por favor... não faz assim.
O Agente — Querida! Por favor, ela está cansada.

A Esposa sai da cozinha e volta à sala com ar ameaçador... indignada.

A Esposa — A carne ainda vai demorar um pouquinho...
A Esposa — Daria tempo, claro... se você quisesse...
O Agente — Querida! Por favor! Não seja tão ansiosa. Você a está pressionando.
A Voz — Não. Tudo bem.
O Agente — Puxa, querida! Isso é tão constrangedor.
A Esposa — Querido! Eu não vejo onde está o problema.

A Voz da Pureza se levanta e dá uma leve pigarreada. Então seu semblante se fecha, em plena concentração.

E sua boca começa a se mover.
E seu rosto se transfigura a cada instante.
Para alguém menos refinado, a impressão pode ser de que ela só esteja ali, de pé, movendo a boca a esmo, ao acaso.
Mas isso só para os seres de uma natureza muito bruta.
Isso apenas para os insensíveis, ou para os ignorantes.
Essa impressão cabe apenas àqueles realmente menos sofisticados, que não percebem que não podemos ouvir um único som emitido de sua suave boca por se tratar de um som que, de tão puro, de tão cristalino, faz-se inaudível aos mortais.
Quanto a mim, me derramo em lágrimas.
E sinto todo o meu corpo arrepiar-se diante de um momento quase sacro.
Transcendente.

O Agente — Querida? Aonde vai?

A Esposa, ultrajada, volta à cozinha.

A Esposa — A carne! — diz, enquanto sinaliza com a cabeça para que eu a siga.
O Agente — Com licença. É só um minuto. Acho que ela se emocionou. Vou ajudar com a carne.
A Esposa — Que merda é essa!? — sussurra, alto, apertando o meu braço.
A Esposa — Que merda é essa?!
O Agente — O quê, querida?
A Esposa — A sirigaita ali, de pé, fazendo cara de quem está se cagando!
A Esposa — E não sai som de sua boca?!
A Esposa — Que merda é essa!?
O Agente — Querida, você não está entendendo.

A Esposa — Quem não está entendendo é você! É uma vigarista! E você, um trouxa!
O Agente — Querida, por favor! É que, de tão pura que é sua voz, nós não podemos ouvi-la.
O Agente — Por favor, querida... contenha-se.
A Esposa — Por favor a puta que o pariu!
O Agente — Querida! Fale mais baixo!
A Esposa — Eu falo do jeito que eu quero!
A Esposa — E você ainda a defende... na minha própria casa.
O Agente — Querida...
A Esposa — Seu trouxa! O que que está acontecendo? Cê tá dormindo com essa vagabunda?!
O Agente — Querida! Pelo amor de Deus, fale baixo!
A Esposa — Você não acha que eu vou deixar você levar essa fraude... essa vigarista... ao Maestro, acha?
O Agente — Querida, você está com ciúme?
A Esposa — Não seja ridículo!
A Esposa — O que eu não quero é passar vergonha diante do Maestro. Logo o Maestro! Tão sofisticado...
O Agente — Eu não vou permitir que você interfira nos meus negócios.
A Esposa — Ah! O Maestro... aquilo, sim, é que é homem.
O Agente — Querida, a carne está queimando!
A Esposa — Isso ainda é pouco. Eu vou servi-la cremada.

Ela aumenta o fogo e volta à sala.
Corro atrás para chegar na frente.
Ela solta uma risadinha estranha para a Voz.

A Esposa — A senhora conhece o Maestro?
A Voz — Senhorita.
A Voz — Não. Pessoalmente não. Claro, evidentemente, que conheço sua reputação, seu renome.

A Esposa — Sei. Somos muito íntimos, eu e o Maestro. Ele tem adoração por mim.
O Agente — Querida, a carne.
A Esposa — Tá crua. Acabei de olhar.
A Esposa — Olha, eu vou ser sincera com a senhora...
A Voz — Senhorita.
A Esposa — Não sei se meus ouvidos não estão bem acurados...
O Agente — Apurados, querida.
A Esposa — Cala a boca. Como dizia, não sei se meus ouvidos é que não estão muito acurados, ou se sua voz...
O Agente — Querida, está cheirando queimado.
A Voz — Realmente, eu também estou sentindo...
A Esposa — Venha, querido, vamos ver a carne.

Voltamos à cozinha.

A Esposa — Você não vai ficar defendendo essa vadia na minha frente.
O Agente — Querida, a carne está ficando preta, e... e você está implicando com ela.
A Esposa — Você está trepando com essa vagabunda, não é?
O Agente — Querida, chega!
A Esposa — Eu só queria saber como é que você consegue. Comigo, nem tomando remédio você consegue manter a ereção.
O Agente — Chega.
A Esposa — É, chega.
A Esposa — Vamos comer.

Ela volta à sala com o mesmo riso sarcástico.
Nesse momento, quando também volto à sala, chego a me assustar. Apesar de todo o constrangimento da cena, ela está ainda mais linda.

A Esposa — Vamos comer.

A carne parece um bloco de carvão. Está tão dura e seca, e o clima tão tenso, que em segundos secamos a garrafa de vinho.

A Esposa — Come, minha filha, para ver se lhe encorpa a voz.

A Voz da Ternura se esforça, mas está duro engolir.

A Voz — Ai! Eu estou um pouco cansada. Você não quer chamar um táxi, assim eu vou para o hotel descansar um pouco.

A Esposa — Não, que hotel? Eu faço questão de hospedá-la aqui em casa.

A Voz — Desculpe, eu não quero incomodar.

A Esposa — Não será incômodo nenhum. Além do mais, nós temos um quarto de hóspedes.

A Voz — Eu agradeço, mas me sentirei mais à vontade num hotel.

A Esposa — Ouviu isso, querido?

A Esposa — Ela não quer ficar conosco, se sente mais à vontade num hotel.

O Agente — Por favor, querida, chega!

A Esposa — Não levante a voz pra mim!

A Voz — Ai, gente, por favor...

A Esposa — Então me diz, Voz do Nada, quer dizer que, além de pensar que canta, você também toca a flauta mágica? Porque, para trepar com ele, só se for assim. O coitado é broxa!

A Voz — Por favor! Que nível!

A Esposa — Você está dormindo com ele, que eu sei!

O Agente — Querida, por favor, chega!

A Esposa — E você, seu rato... seu nada... ainda tem coragem de defendê-la!

A Voz — Por favor, chame um táxi para mim.
O Agente — Não. Eu vou levá-la. Eu vou com você.
A Esposa — Se você for com ela, não volta. Se você cruzar essa porta com ela, nem precisa voltar.

Ajudo com a mala e me dirijo à porta.

A Esposa — Então quer dizer que com ela você funciona.
O Agente — Eu vou levá-la ao hotel. Nós conversamos depois.
A Esposa — Seu broxa!
A Voz — Ah, que horror. Que situação.

Fecho a porta.

III

Entramos no quarto do hotel.
Durante todo o trajeto, permanecemos em silêncio.
Eu me sentia envergonhado.
Ponho a mala, que, por sinal, é leve demais, sobre a cama.
Permaneço de pé.
Sei que ela está ainda mais bela.
Mas não ouso dirigir meu olhar.

O Agente — Mais uma vez, me desculpe.
A Voz — Por favor, não precisa se desculpar.

Me escapa uma arfada de ar.

A Voz — Acho que é melhor você ir. Vocês têm muito que conversar.

Permaneço de pé.
Fito os padrões do tapete.
Estranhos padrões.
Talvez,
advertências.
E, mesmo cientes de que "Crianças começam a fumar ao verem os adultos fumando", fumamos.

A Voz — É melhor você ir.
O Agente — Desculpe. Você deve estar cansada.
A Voz — Não me peça desculpas. Você não me fez nada. Quer dizer, nada de mau.
O Agente — E de bom?

Ela esboça um delicado sorriso.

O Agente — Sabe, quando eu era garoto, o pai de um coleguinha meu saiu para comprar cigarros e nunca mais voltou.
A Voz — Nossa... A gente sempre ouve dessas histórias.
O Agente — Talvez eles devessem adicionar essa advertência nos maços de cigarros.

Ela riu.
E continuou rindo.
E seu riso me contaminou.
E eu ri também.
Transformamos nosso desconforto numa gargalhada incontida.
Cúmplices.
Eu queria abraçá-la.
Porque eu me sinto tão sozinho.

Tão sozinho, que às vezes dói.

A Voz — É melhor você ir, senão as coisas, entre vocês, vão ficar ainda mais complicadas.

O Agente — Posso te falar uma coisa estranha?

A Voz — O quê?

O Agente — Eu não queria voltar para casa.

A Voz — Não?!

O Agente — Eu queria ser feito da mesma coragem que o pai do meu coleguinha.

A Voz — Ela foi muito dura com você.

O Agente — É que ela sentiu ciúme. Porque, desde que eu te ouvi cantar, fiquei desnorteado, encantado.

A Voz — E ela confundiu seu encanto.

A Voz — Mas você precisa ir. Vocês vão conversar e, por fim, se entender.

A Voz — Não se jogam sete anos de uma vida, assim.

O Agente — É por isso que eu não quero voltar.

O Agente — Porque na verdade nós arrastamos esses sete anos, e eu nem sei por quê. Talvez por comodidade.

O Agente — Eu não quero arrastar minha vida por mais sete anos.

Ela senta na cama e abaixa a cabeça,
e seus olhos encontram os padrões do tapete.
Suspiro.

A Voz — Vai — diz, com carinho.

Apagamos os cigarros.

O Agente — Posso te falar uma coisa estranha?

A Voz — Mais uma?

O Agente — A última.
A Voz — Fale.
O Agente — Eu não quero voltar.
A Voz — Você já falou sobre isso.
O Agente — Não, eu não estou falando que não quero voltar para casa...
A Voz — E o que você está falando?
O Agente — Eu estou tentando dizer...

Mesmo ciente de que "Nicotina é droga e causa dependência", acendo um novo cigarro.

O Agente — Fica bem. Descanse.
A Voz — Você também, fica bem.
A Voz — O que você ia dizer?
O Agente — Eu vou ligar para o Maestro e transferir para amanhã...
O Agente — Pode ser?
A Voz — Tudo bem.
O Agente — Você almoça comigo?
A Voz — Na sua casa? — brinca.
O Agente — Não. Claro que não.
O Agente — Então nos vemos amanhã.
A Voz — Isso.

Permaneço de pé do lado de fora do quarto.
Me falta vontade para ir.
Me falta coragem para voltar.
Eu queria abrir a porta e pedir a ela que cantasse para mim.
Ou pedir a ela que me deixasse ficar
só mais um pouco.
Sei que não posso ficar mais tempo
aqui, parado.

Mas fico.
E isso é o que eu posso provar dessa estranha liberdade.
Nem ir, nem voltar.
Permaneço
de pé
do lado de fora da porta.

Sigo em frente.
Desço a escada.
Ligo para o Maestro.
Alego um imprevisto.
Amanhã ele não pode.
Fica de me telefonar mais tarde.
No saguão, peço que o moço me anuncie
no quarto da Voz da Pureza.
O moço diz que ela me mandou subir.
Subo.

A Voz — Esqueceu alguma coisa?
O Agente — Não. Na verdade, voltei porque me lembrei de algo.
A Voz — De quê?
O Agente — Bom, em primeiro lugar, eu queria dizer que já falei com o Maestro e infelizmente ele não poderá nos receber amanhã. Ele tem um compromisso e então... Na semana, ele volta a ligar para que possamos agendar uma nova data.
A Voz — Foi isso que você lembrou?
O Agente — Não.
O Agente — Você está muito cansada?
A Voz — Um pouco. Por quê?
O Agente — Puxa... Eu queria te falar uma coisa... Mas eu teria que dar tanta volta para chegar aonde eu quero.
A Voz — Não dá para ir direto ao assunto?

O Agente — Até daria, mas eu poderia tornar isso mais claro se fizesse uma explanação sobre outros assuntos que se relacionam para que você pudesse compreender tudo com maior clareza.
A Voz — Entendo.
O Agente — É, e isso ia levar um certo tempo... Até eu concluir o assunto... Mas você está cansada.
A Voz — Então vamos deixar para outra ocasião. Que tal?
O Agente — Não, então eu prefiro ir direto ao assunto.
A Voz — Tudo bem.

As palavras não saem de minha boca.
Eu as encontro,
as dirijo até ela,
mas minha boca
as engole.

A Voz — Diga.
O Agente — Será que antes posso fazer umas perguntas a seu respeito... só para me situar melhor?
A Voz — Tudo bem.
O Agente — Tá.
O Agente — Não. Antes eu vou falar diretamente o que eu quero, sem rodeios, depois eu faço as perguntas. Tudo bem? Pode ser assim?
A Voz — Claro.
O Agente — Sabe quando eu disse que não quero voltar para casa?
A Voz — Sei.
O Agente — Eu não fui sincero.
A Voz — Não?
O Agente — Quer dizer, eu não fui preciso.
A Voz — Sei.

O Agente — Na verdade, o que eu quis dizer foi que...

O Agente — Eu não quero ir embora.

A Voz — Como assim?

O Agente — Eu tenho umas reservas... Eu estava pensando em usar essas economias para comprar um novo imóvel... um apartamento maior... um sítio... algo assim.

A Voz — Ah! Que bom.

O Agente — Então, é isso.

A Voz — Isso o quê?

O Agente — Eu não quero ir embora.

A Voz — Sei. Você já falou isso. Mas não quer ir embora de onde?

A Voz — E o que isso tem a ver com as suas economias?

O Agente — É isso. Tem tudo a ver.

A Voz — Deixa eu ver se estou te entendendo...

A Voz — Você não quer voltar para casa porque tem medo de que sua mulher continue sendo muito dura com você, é isso?

O Agente — Em parte, sim.

A Voz — Vamos fazer uma coisa: eu estou cansada, você também me parece um pouco cansado e confuso, certo?

O Agente — Hum, hum.

A Voz — Então vamos fazer assim: você espera o Maestro ligar e marcar uma data para que eu possa me apresentar.

A Voz — Aí, como havíamos combinado, nós vamos almoçar e, no almoço, você, com a cabeça mais descansada, me conta essa história toda.

A Voz — Que tal?

O Agente — Não.

A Voz — Não? Como assim, não?

O Agente — Eu não quero ir embora.

A Voz — E por que você não quer ir?

O Agente — Quando eu era pequeno, quando eu era criança, na casa de minha avó tinha um velho poço.

O Agente — Esse poço estava desativado, por isso o cobriam com umas tábuas, um tapume.

O Agente — Posso me sentar um pouco?

A Voz — Claro. Eu gosto das suas histórias.

O Agente — Então, como eu ia dizendo, o poço ficava coberto. Nós, eu e meus primos, íamos todo domingo na casa de minha avó e adorávamos aquele quintal.

Acendo um novo cigarro.
Ela imita o meu gesto.
Mesmo advertidos de que
"Fumar causa mau hálito,
perda dos dentes
e câncer de boca",
fumamos.

O Agente — Um dos meus tios, que por sinal era padeiro, para nos proteger e nos manter afastados do poço tentava nos assustar, dizendo que ali dentro, ali no fundo, havia um monstro.

O Agente — E nós, como éramos crianças, acreditávamos.

O Agente — Um dia meu primo, que hoje é advogado, por descuido acabou caindo no fundo do poço.

A Voz — Meu Deus! E se machucou muito?

O Agente — Fisicamente, não.

O Agente — Mas, como estava apavorado e levou algum tempo para que o resgatassem, ele ficou muito desesperado.

O Agente — Por sorte e por azar, ainda havia um pouco de água no fundo do poço.

O Agente — Por sorte, isso amorteceu sua queda.

O Agente — Mas, ao mesmo tempo, com a luz que entrava no buraco e incidia na água, ele acabou vendo o seu próprio reflexo.

O Agente — Por fim, quando o içaram, eu corri e perguntei a ele: "E então, como é o monstro?".

O Agente — E a resposta foi: "Ele é como nós. Todos somos monstros".

A Voz — Nossa! Que história incrível!

A Voz — Que esplêndida metáfora!

O Agente — Durante muito tempo, eu realmente acreditei nessa história.

O Agente — Depois eu fui crescendo e descobri o que de fato havia se passado ali, no poço.

O Agente — E, agora, percebi que aquilo que, por equívoco, meu primo julgou ser a verdade, é realmente a mais absoluta das verdades.

A Voz — É realmente uma história muito fascinante.

A Voz — Você devia escrever essa história.

O Agente — Não brinca...

A Voz — É sério! Você devia dividir essa história com mais pessoas. É uma lição e tanto.

O Agente — Acho que você é a primeira pessoa que eu conheço a se interessar por minhas ideias.

A Voz — Eu não acredito que isso seja verdade. Você tem ideias tão interessantes.

O Agente — E você, ainda por cima, fuma.

A Voz — Ha, ha, ha! E isso é um elogio?

O Agente — É. Hoje em dia, por causa das campanhas, ninguém mais fuma.

A Voz — Mas eu acho que eu devia parar de fumar. Às vezes, eu queria isso.

A Voz — Nós que fumamos sabemos o quanto o cigarro faz mal.

O Agente — Mas, pelo menos, nós temos coragem de nos permitir esse prazer.

A Voz — Mas pagaremos caro por isso.

O Agente — Tudo tem um preço.

A Voz — É, mas nesse caso eu não sei se o preço é justo.

Tento, procuro
decifrar os padrões
do tapete.

O Agente — Minha mulher não fuma.

A Voz — Bom para ela.

O Agente — Você quer que eu vá embora, não é?

A Voz — Eu adoro a sua companhia, adoro as suas histórias.

A Voz — Mas preciso descansar um pouco.

O Agente — Eu queria te explicar uma coisa a meu respeito.

A Voz — O quê?

O Agente — É uma coisa que talvez a deixasse mais tranquila...

O Agente — Tem a ver com aquela história que eu estava te falando sobre dar uma volta para poder chegar no que eu de fato estou tentando te dizer.

A Voz — Tudo bem. Me diz.

O Agente — Sabe aquilo que minha mulher falou quando estávamos saindo de casa?

A Voz — Especificamente, o quê?

O Agente — Aquilo que ela disse sobre a minha sexualidade.

A Voz — Por favor. Você não precisa me explicar nada sobre isso.

O Agente — Não, por favor, eu não quero ser indiscreto, ou indelicado.

O Agente — É só que isso também tem a ver com mais uma de minhas teorias...

O Agente — Por isso queria contar a você.

O Agente — É um segredo que eu nunca tive coragem de dividir com ninguém.

A Voz — Tudo bem, se não é nada indiscreto...

A Voz — Se você sente necessidade de me expor esse fato, vá em frente.

O Agente — É um pouco indiscreto, mas não é nada obsceno. Ao contrário.

A Voz — Bom, agora você me deixou curiosa.

O Agente — Eu, quando ela disse...

O Agente — Você sabe...

O Agente — Que eu não sou capaz...

A Voz — Desculpe. Eu não sei se quero realmente entrar nesses seus particulares.

O Agente — Desculpe.

O Agente — É que eu pensei que talvez você se interessasse por essa minha teoria.

A Voz — Não. Não é que eu não me sinta interessada por suas histórias.

A Voz — É que não somos assim... tão íntimos para que você me revele detalhes de sua vida sexual.

A Voz — Me entende?

O Agente — Claro... É claro...

A Voz — Bom. Agora vou descansar um pouco.

A Voz — Se você não se importa.

O Agente — Olha, será que eu posso ficar aqui no cantinho...

O Agente — Eu... eu juro que fico quietinho... É que eu não quero...

O Agente — Eu realmente não quero ir embora.

A Voz — Ha, ha, ha. Você é tão diferente... Você me pede isso com tanta naturalidade...

A Voz — Parece um garotinho pidão com medo de ficar sozinho, ou de voltar para casa e mostrar o boletim.

A Voz — Me entende? Eu não o estou censurando. Só estou dizendo que você me pede uma coisa aparentemente tão inoportuna... com tanta doçura.

A Voz — Você é tão... diferente de todos...
O Agente — É que eu sou assexuado.
A Voz — Ha, ha, ha, ha!
A Voz — Ai, meu Deus, como você é engraçado.
O Agente — É sério.
A Voz — Ai! Ha, ha, ha, ha! Para um pouco, eu estou sem fôlego... de tanto rir!
O Agente — Mas é verdade. Era isso que eu tentava dizer há pouco.
A Voz — Ha, ha, ha...
O Agente — Por isso minha mulher pensa que eu sou impotente.
A Voz — Ha, ha, ha, ha...
O Agente — Porque há alguns meses eu venho procurando me tornar assexuado, me disciplinando para isso.
A Voz — Ai! Ha, ha, ha, ha... Ai!
O Agente — Desde que eu descobri que minha mulher é infiel.
A Voz — Ha, ha, ha, ha... Desculpe... Ai! Eu estou rindo... ha, ha, ha... eu não consigo parar... ha, ha, ha...
O Agente — Sabe, minha mulher só atinge o orgasmo quando recebe sexo oral.
A Voz — Ha, ha, ha...
O Agente — Ela não goza com a penetração.
A Voz — Ha, ha, ha, ha...
O Agente — Então, quando eu descobri que ela estava, já há alguns anos, praticando sexo com o Maestro... eu passei a sentir nojo, você sabe...
A Voz — Ha, ha, ha, ha...
O Agente — Como é que eu ia colocar a minha boca ali?
A Voz — Ha, ha, ha, ha...
O Agente — Além do mais, não é só com o Maestro que ela sai...

A Voz — Ha, ha, ha, ha... Desculpe... ha, ha, ha... eu... eu não consigo me controlar...

A Voz — É... ha, ha, ha... é de tristeza que estou rindo...

O Agente — Tudo bem. É tudo realmente muito patético.

A Voz — Ai! Ha, ha... Por favor... me desculpe...

A Voz — Não é de você que estou rindo...

A Voz — É da situação.

O Agente — Eu entendo. Tudo bem.

O Agente — Que acha de pedirmos um café?

A Voz — Ai! Acho ótimo.

A Voz — Eu até chorei de tanto rir. Por favor, me perdoe ter rido tanto. É pela delicadeza da situação.

A Voz — Eu vou interfonar e pedir o café.

A Voz — Como você quer o seu?

O Agente — Puro.

A Voz — Então, dois puros.

IV

O Agente — O café estava realmente ótimo.

A Voz — Ai, meu Deus do céu.

A Voz — Então você me contou tudo isso para dizer que eu não corro nenhum perigo, caso você fique aí no cantinho enquanto eu descanso.

O Agente — É isso. É tão simples. Não?

A Voz — Você se esquece que eu não sou assexuada?

O Agente — Bom, a gente chega a um meio-termo.

A Voz — Ha, ha, ha, ha!

A Voz — Por favor, eu não aguento mais rir.

O Agente — Olha, era isso que eu ia propor no começo, veja bem...

O Agente — Como eu disse, eu tenho umas economias.

O Agente — E, na verdade, não aguento mais o mundo lá fora.

O Agente — Não é só da minha mulher que estou falando.

O Agente — Eu falo de tudo e de todos.

O Agente — Eu não suporto mais ser agredido.

O Agente — Então eu te proponho isso.

A Voz — Isso o quê?

O Agente — Bom, com as economias que eu tenho, nós poderíamos viver aqui neste quarto de hotel por uns cinco ou seis anos.

A Voz — Meu Deus!

O Agente — E veja bem: isso sem nunca precisarmos sair daqui.

O Agente — E ainda existe a chance de que por fim nos esqueçam aqui, aí então viveríamos aqui pelo resto de nossas vidas... protegidos...

A Voz — Meu Deus!

O Agente — Eu te proponho isso por sua delicadeza, pelo dom de sua voz.

O Agente — Sabe, minha mulher não percebeu o grau de elevação e refinada sofisticação que existe em seu canto.

O Agente — E minha mulher, ou, quem sabe, minha ex-mulher é uma pessoa comum.

O Agente — Ou seja, as pessoas comuns, todas elas, não poderão perceber o seu talento.

A Voz — Eu não estou acreditando no que estou ouvindo.

O Agente — Você não percebe?

O Agente — As pessoas vão te agredir também.

O Agente — Elas vão tentar te destruir.

O Agente — Porque elas não terão capacidade para compreender o seu dom.

O Agente — Elas vão te vaiar, como minha esposa fez.

O Agente — Elas vão te atirar tomates e manchar o seu vestido.

O Agente — Você não vê? Existem pessoas capazes de levar tomates a uma apresentação.

O Agente — Que tipo de mundo é esse? Que tipo de gente é essa, que leva tomates à ópera?

O Agente — Elas podem até tentar te agredir fisicamente, você sabe, querendo o dinheiro de volta.

O Agente — Elas não terão capacidade, sensibilidade para te ouvir.

O Agente — Elas não merecem você.

A Voz — Meu Deus! Isso tudo é tão absurdo... e, ao mesmo tempo, tão tentador.

O Agente — Espera. Isso, o que estou te propondo, não é mais absurdo que o próprio casamento, é?

A Voz — É, na verdade... não.

O Agente — Olhe para você...

O Agente — Olhe para a sua delicadeza.

O Agente — Eu tenho tantas ideias. Eu tenho tantas histórias.

O Agente — Eu poderia distraí-la contando-as a você.

O Agente — E você cantaria para mim.

O Agente — E nós cuidaríamos um do outro.

O Agente — Pediríamos o cigarro pela manhã e saberíamos qual seria a nossa sorte do dia.

O Agente — Se você quisesse, poderíamos dividir o mesmo maço e, assim, teríamos o mesmo destino.

O Agente — Juntos.

A Voz — Isso, teoricamente, é tão lindo.

A Voz — Ninguém no mundo ousou ser tão doce e delicado comigo como você foi agora.

O Agente — Nós somos diferentes de todos.

A Voz — Por mais absurdo que tudo isso possa parecer, essa foi a proposta mais maravilhosa que alguém já me fez.

O Agente — Você não iria se machucar nunca mais.

O Agente — Eu cuidaria de você com tanto carinho.

A Voz — Nós poderíamos assinar algumas revistas e jornais... aqui no hotel tem TV a cabo.

A Voz — E, assim, saberíamos o que se passa no mundo lá fora.

O Agente — Eu acho que eu nem iria querer saber.

O Agente — E talvez, por estarmos protegidos aqui dentro, o mundo acabasse e nós continuaríamos, porque nunca saberíamos disso.

A Voz — Mas e aí? Quem iria nos trazer os cigarros?

O Agente — Talvez nós cuidássemos tanto um do outro que deixaríamos de fumar.

A Voz — Mas então deixaríamos de saber como seriam os nossos dias.

O Agente — Nós já saberíamos como eles seriam.

A Voz — Você tem ideias tão fantásticas. Isso daria um belíssimo conto.

A Voz — Vamos fazer o seguinte. Vou pedir o jantar, enquanto isso tomo um banho e depois jantamos juntos, que tal? Aí, eu vou descansar.

O Agente — Seria perfeito.

A Voz — E, durante o jantar, você poderia me contar mais uma de suas histórias ou de suas teorias.

O Agente — Não, agora é a sua vez de me contar algo.

A Voz — Combinado.

A Voz — Então, vou fazer o pedido.

Jantamos.

A Voz — Tem uma coisa que me ocorreu agora.

O Agente — O quê?

A Voz — Se minha voz é tão... maravilhosa como você diz... não seria egoísta demais você tê-la só para si?

O Agente — Entendo...

A Voz — Eu só estou dizendo isso porque achei divertido devanear nessa sua ideia.

O Agente — O que você quer dizer, em outras palavras, é que eu não teria nada à altura para te oferecer em troca. Quer dizer, só as minhas histórias, mas elas não são boas o suficiente.

A Voz — Não que elas não sejam interessantes, não é isso que eu estou sugerindo.

A Voz — Eu só estou tentando ponderar sobre o direito de igualdade. Por exemplo, você se diz assexuado, não é isso?

O Agente — É. Venho trabalhando para isso.

A Voz — Pois bem, eu não sou assim. Como ficaríamos?

O Agente — Talvez, não sei, talvez... eu mudasse de ideia... quem sabe?

A Voz — Outra coisa: eu não me sinto tão agredida assim pela humanidade. Ao contrário, a vida tem sido generosa comigo.

O Agente — Bom, nesse ponto realmente...

A Voz — E também eu não sei se conseguiria viver trancada, por mais que a companhia me fosse agradável.

O Agente — Entendo. Então o que você propõe?

A Voz — Ha, ha, ha... Eu não proponho nada. Só estou brincando... devaneando...

O Agente — Acho que eu sei aonde você quer chegar.

A Voz — Eu não quero chegar a lugar algum! Eu só estou brincando, quer dizer, nós só estamos brincando, não é mesmo? Como num jogo, não é isso?

O Agente — Eu não sei, estamos?

A Voz — O que quero dizer é que ninguém aqui está levando essa proposta a sério, não é isso?

O Agente — Isso é você quem deve dizer.

A Voz — Ha, ha, ha, ha. Você é muito divertido.

Mesmo sabendo que
"O fumo causa
infarto do coração",
acendemos nossos
cigarros.

O Agente — Eu sei aonde você quer chegar.

A Voz — Sabe?

O Agente — Acho que você quis sugerir que, como temos necessidades distintas, talvez apenas eu devesse permanecer no hotel, enquanto você viveria sua vida e voltaria após esse "expediente".

A Voz — Nesse caso, ao invés de você ser o meu garotinho assustado, você seria o meu bichinho de estimação?

O Agente — Não é o que você sugere?

A Voz — Ha, ha, ha, ha... Ai, você é impagável.

A Voz — Vou tomar um banho.

O Agente — Não, não se deve tomar banho logo após as refeições.

A Voz — Você realmente acredita nisso?

O Agente — É sério. Minha tia, a cartomante, dizia que um amigo fez isso e sua boca entortou.

A Voz — Ha, ha, ha, ha... Entortou?

O Agente — É. Veio parar aqui do lado da orelha.

A Voz — Ha, ha, ha... Que bobagem.

O Agente — É verdade. Sabe que, na época, eu ficava imaginando a cara dele, assim, com a boca colada à orelha. Eu pensava nos segredos que ele mesmo se contava.

A Voz — Ha, ha, ha... Que imaginação.

A Voz — Eu já volto.

O Agente — Bom banho.

A Voz — Obrigada.

Procuro, em vão, decifrar os padrões.
Tomo o último gole de vinho.
Apiedo-me da imagem do espelho.
Apago o último cigarro
aguardando a sorte mudar.

A Voz — Desculpe a transparência de meu *baby-doll*.
O Agente — As transparências enganam.

Eu sou assexuado, eu sou assexuado, eu sou assexuado...
repito mentalmente.

A Voz — Deite aqui, aos pés da cama, vou cantar para você dormir.
O Agente — Mas você está cansada.
A Voz — Mas você merece.

Me aninho feito um cachorrinho.
Ela sorri.
Ela canta.
Eu assisto.
Todo o meu corpo se arrepia.
Engulo umas lágrimas.
A letargia é crescente
e adormeço.

2

I

Dormi
como dizem que dormem
as pedras.
 Acordei um pouco perdido,
mas não assustado.
 Abri os olhos
e levei um certo tempo
para descobrir
onde estava.
 Então,
já consciente
do meu lugar no mundo,
levantei.
 Ela não estava.
 Mas havia um bilhete
embaixo de um novo maço
dos cigarros que fumo.
 Volto logo,
me espere.
 A lemniscata
estampada
no verso
do maço.

 Resolvo tomar um banho,
e me deparo com o primeiro erro em meus planos:
se eu tomar banho,
precisarei vestir as mesmas roupas.
 Que assim seja.

A água é morna
e cai com bastante pressão.
Isso é bom,
é como massagem.
Visto as roupas
e peço café.

O café é bom.
Muito bom,
espresso.
Acendo o primeiro do maço
e contemplo
o que alguém tramou
no tapete.

Percebo que não me lembrei de desligar o celular.
E, por mais estranho que possa parecer, ele não tocou.
Isso é desconcertante.
Não faz sentido.
Nem mesmo minha mulher tentou me chamar.
Isso não faz sentido.

Não quero ligar a TV.
Não quero ler os jornais.
O tempo não passa.
Ela não volta.
Estou ansioso.
Eu não gosto de ficar sozinho.
Eu tenho medo de mim.

A Voz — Já acordou?
O Agente — Acordei.
A Voz — Fui fazer umas compras.

A Voz — Você viu que eu comprei cigarros?

O Agente — Vi, obrigado.

A Voz — Fiquei preocupada com a imagem do maço.

O Agente — Não se preocupe, é um bom prenúncio...

A Voz — Como pode? É a imagem de um homem acendendo um cigarro no outro, é o vício.

A Voz — Como pode ser um bom presságio?

O Agente — É a lemniscata.

A Voz — Lemniscata? Nunca ouvi essa palavra antes.

O Agente — Mas você, com certeza, sabe o que é.

O Agente — É aquele oito deitado, o símbolo do infinito.

A Voz — Ah! Eu sei o que é. Mas onde você está vendo isso?

O Agente — Aqui. Veja. Precisamos nos distanciar da imagem da foto para conseguirmos interpretá-la.

A Voz — Eu só vejo um homem negro acendendo um cigarro no outro que ele acabou de fumar.

O Agente — Mesmo essa sua interpretação é subjetiva.

A Voz — Você acha?

O Agente — Quem te garante que ele, por estar sem o isqueiro, não pediu fogo a alguém e esse alguém lhe passou o cigarro para que ele pudesse acender o seu?

A Voz — É verdade.

O Agente — O fato é que a imagem é precedida de um texto que diz "Nicotina é droga e vicia".

O Agente — Isso obviamente nos leva a pensar que ele acende um cigarro atrás do outro.

A Voz — É curiosa a sua interpretação.

O Agente — E esse gesto de acender um no outro nos leva à lemniscata. É o símbolo do ciclo contínuo, o infinito.

A Voz — Sabe, eu andei pensando em tudo o que conversamos ontem.

O Agente — Eu também.

A Voz — E eu acho... que, por mais absurda que possa parecer a proposta que você me fez...

A Voz — Eu acho que daria para chegarmos a um meio-termo que poderia ser bastante interessante para os dois lados.

O Agente — Por favor, continue.

A Voz — Bom, pelo visto, você realmente concluiu que o seu casamento não vai bem, e me parece que você não conseguirá mais voltar para casa.

A Voz — Estou errada?

O Agente — Não, está absolutamente certa.

A Voz — Muito bem. Quanto a mim, creio que minha carreira teria muito mais chance se eu ficasse por aqui, na capital.

O Agente — Sei.

A Voz — E, se você pretende se separar, vai precisar realmente de um lugar para ficar.

O Agente — É verdade.

A Voz — Por outro lado, não é justo que você arque com as despesas.

O Agente — Eu não vejo o menor problema em arcar com as despesas.

A Voz — Eu entendo, mas não me sentiria bem.

O Agente — Então, o que você sugere?

A Voz — Você me trouxe para cá, e você tem os contatos com o Maestro.

A Voz — Para mim, você sempre será meu agente. E, supondo que o Maestro goste da minha voz e me arranje recitais, eu te daria a parte que te cabe como agente.

O Agente — Não é necessário.

A Voz — Eu acho justo.

A Voz — E, de certa forma, estaríamos fazendo como dois amigos que dividem o aluguel.

A Voz — O que você pensa disso?

O Agente — Não é exatamente o que eu de fato havia proposto, mas entendo a dificuldade prática de você se desprender de tudo e se lançar numa aventura tão profunda, tão insólita.

O Agente — Como você mesma disse, acho que é o modo mais próximo de chegarmos a um meio-termo.

A Voz — Não, sabe o que é? É que eu realmente não consigo levar a sério a proposta de passarmos cinco ou seis anos aqui trancados, sem nunca sair para nada.

A Voz — Você bem disse que a proposta que você fez não é mais absurda que o próprio casamento, e de fato talvez você esteja certo quanto a isso. Mas, mesmo assim, nós precisamos conhecer um pouco mais a pessoa com quem vamos nos casar.

A Voz — Não é mesmo?

O Agente — Usualmente, sim.

A Voz — Então? O que você acha de tentarmos dessa forma?

O Agente — Seria maravilhoso.

A Voz — Eu fico muito feliz e empolgada com essa nova mudança que se apresenta em minha vida.

O Agente — Eu também.

O Agente — E eu ainda tenho a esperança de que um dia você se canse de ser machucada pelos outros e aceite o desafio de nos protegermos um ao outro.

A Voz — Quem sabe?

O Agente — Eu só quero te pedir uma coisa.

A Voz — O quê?

O Agente — Eu queria te pedir que procurasse se lembrar de mim ao menos uma vez por dia durante o tempo que você passar fora do hotel.

A Voz — Mas é claro que isso vai acontecer.

O Agente — Eu tenho uma sensação muito estranha... quase um medo.

A Voz — De quê?

O Agente — De que eu só exista para as pessoas quando estou ao lado delas.

A Voz — Como assim?

O Agente — É um pouco difícil falar sobre isso...

A Voz — Pode ser bom para você, falar a respeito.

O Agente — Olha, você não acha que seria natural minha mulher ligar no meu celular, nem que fosse para me xingar? Eu a deixei ontem, fui embora, e ela nem ao menos me procurou para dizer que me odeia.

A Voz — Eu acho que ainda não deu tempo, ainda não caiu a ficha.

O Agente — Vou tentar ser mais direto.

O Agente — Você disse que pensou muito sobre o que conversamos ontem.

A Voz — E realmente pensei, tanto que te trouxe uma nova proposta.

O Agente — Sei, mas você pensou em mim?

A Voz — Claro, que bobagem.

O Agente — Não, pense bem, enquanto você imaginava os novos rumos que se apresentavam, você...

O Agente — Como posso dizer, você me via?

O Agente — Você visualizava o meu rosto?

A Voz — Eu não estou entendendo aonde você quer chegar.

O Agente — É que eu acho que, quando estou longe das pessoas, eu deixo de existir.

A Voz — Que ideia maluca! Como assim?

O Agente — Não dá para ser mais claro que isso. É uma sensação que me acompanha há muito tempo e que a cada dia se torna mais forte, me entende?

A Voz — Não.

O Agente — Sabe a minha tia, a cartomante?

A Voz — Sim.

O Agente — Então, eu fui criado por ela. E passei a vida toda a seu lado.

O Agente — Ela, desde sempre, me deixou claro que não era a minha mãe.

O Agente — E eu sempre me perguntei: então quem são os meus pais?

A Voz — Como assim?

O Agente — É que eu conheci os irmãos da minha tia, e eu também não era filho deles.

A Voz — Que bobagem, as crianças costumam chamar os mais velhos assim, de tio ou de tia.

A Voz — Ela deve ter te adotado.

O Agente — Talvez.

A Voz — Como, talvez? O que você pensa sobre isso?

O Agente — Deixa pra lá.

A Voz — Sabe qual é o seu problema?

A Voz — É que você tem uma cabeça muito criativa, você é tão imaginativo que se perde em suas próprias ideias e fantasias.

O Agente — Talvez.

A Voz — Se você refletir um pouco, vai encontrar um motivo para essa sensação.

O Agente — Não, eu até sei a origem dessa minha desconfiança.

A Voz — E qual é?

O Agente — É que, quando eu era adolescente, eu fiz a minha primeira viagem ao exterior. Quando voltei, minha tia havia sofrido um derrame. E ela não se lembrava de mim.

A Voz — Bom, mas se fosse assim, como você diz, ninguém mais se lembraria de você, nem seus amigos, nem seus parentes.

O Agente — É, mais ou menos...

A Voz — Como, mais ou menos?

O Agente — É que, quando eu os revejo, eles se lembram; eu só deixo de existir durante a minha ausência.

A Voz — Que loucura, isso. Que ideia fantástica.

O Agente — É só uma sensação.

A Voz — Você devia explorar melhor essas suas ideias.

O Agente — Não, eu já sofro bastante, assim.

A Voz — Isso porque você não as põe para fora. Você devia escrever essas coisas.

O Agente — Talvez.

O Agente — E, por falar nisso, o que veio em seu maço?

A Voz — Eu tirei essa do infarto.

O Agente — O Diabo.

A Voz — Que horror! O Diabo!

O Agente — É, eu associo essa imagem à lâmina de número quinze, o Diabo.

A Voz — Mas por quê?

O Agente — Na lâmina de número quinze, nós vemos duas criaturas, uma de cada lado, e, no centro, num pedestal, está o Diabo.

O Agente — Agora, repare nessa foto. O que vemos?

A Voz — Vemos um médico e seu assistente, um de cada lado. No meio, um homem recebe do assistente uma máscara de oxigênio, enquanto o médico parece tentar ressuscitá-lo com uma massagem cardíaca.

O Agente — Percebe a semelhança?

A Voz — Acho que não.

O Agente — Na carta do Diabo, vemos duas criaturas: a da esquerda olha para a da direita, enquanto a criatura da direita olha para o Diabo, que está no centro. Fui muito confuso?

A Voz — Eu não entendi nada.

O Agente — Vamos atentar para outros detalhes. Na carta do tarô, as criaturas não são muito definidas, são meio humanas meio animais. E é isso que simboliza o inferno. O inferno, segundo a sabedoria do tarô, é o lugar onde não se distingue o homem do animal.

A Voz — Faz sentido. É como a moral judaico-cristã considera os baixos instintos do ser humano. Quando o instinto do homem é mais forte que sua razão, ele se torna um pecador.

O Agente — Exatamente. E o pecador é condenado ao inferno.

A Voz — Mas, mesmo assim, ainda não vejo uma relação entre essa imagem do maço e a carta do Diabo.

O Agente — Note que o assistente do médico e o enfermo estão de certa forma também desumanizados. O assistente usa uma touca sobre os cabelos e tem uma máscara pendurada ao pescoço. O enfermo também usa uma máscara que desfigura o seu rosto.

A Voz — Mas você disse que as imagens dos cigarros não seriam meras transposições dos arcanos do tarô. Você disse que essas imagens corresponderiam a novos arcanos.

O Agente — É verdade. Mas eu disse também que ainda estou procurando compreendê-las, e em certos casos a relação é muito evidente. Por exemplo, a imagem do homem afrouxando a gravata, a que diz "Quem fuma não tem fôlego para nada" — essa imagem corresponde, evidentemente, à lâmina do Enforcado.

A Voz — O Enforcado? O que representa essa carta?

O Agente — A vida em suspensão. Arrependimentos. Apatia. Abandono.

Mesmo cientes de que
"Quem fuma não tem fôlego para nada",
acendemos nossos cigarros.

A Voz — Mas, supondo que essa imagem do infarto corresponda ao Diabo, o que isso quer dizer? Como vai ser o meu dia?

O Agente — O Diabo não é uma carta boa. O Diabo só pode ter um significado bom se vier invertido.

O Agente — Quando te entregaram o maço, você reparou se entregaram de cabeça para baixo?

A Voz — Não, não reparei.
O Agente — O Diabo significa ruína. Sujeição. Subserviência.

Ela ri.
Não de alegria.
Ela ri.
Quase de arrependimento.

O Agente — Que foi?
A Voz — Nada.
O Agente — Do que você riu?
A Voz — Nada. Não foi nada.
O Agente — Diga.
A Voz — Não foi nada.
O Agente — O nada não é engraçado.
A Voz — Não?
O Agente — Não. O nada é ausência. Não há graça na ausência.
A Voz — Será?

Ela mudou.
Ela riu e mudou.
Ela riu do significado do Diabo.
Ela riu do Diabo
e mudou.

Silenciamos.
Um silêncio desconfortável.
Ela observa a fumaça
que sai de sua boca.
Eu
observo a fumaça
que sai de sua boca.

Eu
a observo
observando
a fumaça.

Quem quebrará o silêncio?
Ninguém quebra o silêncio.
Nós apenas o cobrimos com palavras.
Com ruídos e palavras.

A Voz — Você está com fome?
O Agente — Não sei.
A Voz — Eu estou.
O Agente — Eu comeria algo.
A Voz — Você se importaria se eu saísse para comer?
O Agente — Eu?
A Voz — Eu preciso andar um pouco, respirar um pouco.
O Agente — Fique à vontade. Eu não quero prendê-la.
A Voz — Eu sei, não quis dizer isso.
O Agente — Eu só quero que fique se quiser ficar.
A Voz — Eu só quero andar um pouco.
O Agente — "Respirar um pouco."
A Voz — É.
O Agente — Fique tranquila. Pode ir.
A Voz — Eu só preciso andar um pouco.
O Agente — Você sabe onde me encontrar.

Ela beija minha testa,
pega a bolsa
e sai.
Algo,
algo a sufocou.
Eu?

II

Ando em círculos.
Paro
em círculos.
Espero
em círculos.
Fumo
em círculos.
Solto fumaça.

A porta
permanece
fechada.

Cheiro o seu travesseiro,
capturo o seu perfume,
abraço.
Deito
de olhos abertos.

A Voz — Demorei?
O Agente — Não.
A Voz — Você comeu?
O Agente — Não.
A Voz — Não está com fome?
O Agente — Não.
A Voz — Você só sabe falar não?
O Agente — Não.

Ela ri,
agora, de graça.
O ar lhe fez bem.

Fumamos cigarros,
cientes de que "Fumar na gravidez
prejudica o bebê".

O Agente — Você parece melhor, mais animada.
A Voz — Eu estou bem.
O Agente — Fico feliz.
A Voz — Mas você fala como se antes eu não estivesse bem.
O Agente — E estava?
A Voz — Estava. Claro que estava.
O Agente — Eu achei que você ficou um pouco aborrecida com a história do Diabo.
A Voz — Ah! O Diabo.

Pausa.

A Voz — Vamos pedir um café?
O Agente — Vamos.
A Voz — Você não quer pedir algo para comer?

Penso em diversos tipos de alimentos.
Assados, frituras, crus e cozidos.
Nada me apetece.

O Agente — Só um cafezinho.

Ela chama.
Eu apago o cigarro.
Trocamos olhares.
Silenciamos.
Contemplamos
as tramas do tapete.

Quem cobrirá
o silêncio?

A Voz — Me conta mais uma história.
O Agente — Eu tinha um amigo que era filho de um militar muito severo...

Chega o café,
trazido por um empregado do hotel
com vitiligo no rosto.

A Voz — Nossa, que café bom!
O Agente — Está ótimo.
A Voz — Mas você falava do seu amigo.
O Agente — Nós tínhamos, na época, uns dez anos de idade. Havia, próximo a nossas casas, um pastor-alemão muito bravo. Um dia esse cachorro pulou o portão e mordeu meu amigo bem nas nádegas. Meu amigo passou a ter que dormir de bruços, de tão profunda que foi a mordida. Arrancou um pedaço.
A Voz — Credo!
O Agente — Imagino que até hoje ele durma de bruços.
A Voz — Mas essa não parece uma de suas histórias.
O Agente — Não, eu ainda não terminei.
A Voz — Ah, bom! Eu estava mesmo estranhando, porque suas histórias sempre se amarram.
O Agente — Depois desse incidente meu amigo desenvolveu um ódio mortal, patológico, pelo cachorro. Ele sempre dizia que um dia iria se vingar.
O Agente — Como no ditado que diz que "vingança é um prato que se serve frio", meu amigo nutriu seu rancor por muitos anos. Sempre que passávamos perto da casa onde ficava o cachorro, meu amigo se transformava. Ele parava diante

do portão como se desafiasse o cachorro e dirigia um olhar muito ameaçador ao animal.

A Voz — E ele realmente se vingou?

O Agente — Dez anos depois.

A Voz — Ele guardou essa mágoa por todo esse tempo?

O Agente — Foi pior do que isso, ele a alimentou a cada dia. E então, dez anos depois, quando o cachorro já estava muito velho, cego e doente, meu amigo abriu o portão e, munido de um pedaço de pau, ele bateu no cachorro até despedaçar sua cabeça.

A Voz — Que horror! Que história medonha!

O Agente — Quer outra?

A Voz — Não se for dessa natureza. Por que você contou essa história?

O Agente — Não sei. Foi uma história que me marcou. Além disso, você me pediu uma história e essa foi a primeira que me veio à cabeça.

A Voz — Mas eu não esperava uma história dessas.

A Voz — Essa história é horrível. Eu esperava outra coisa de você.

Um novo desconforto silencioso.

O Agente — Como dizem: "*Tat tvam asi*".

A Voz — O que isso quer dizer?

O Agente — Bem, na verdade eu nem sei se a pronúncia é essa, mas é algo que vem da sabedoria védica e quer dizer: "Tu és isto".

A Voz — O que você está tentando me dizer?

O Agente — Nada, só estou devaneando.

A Voz — Não, não. Você primeiro me conta uma história medonha e depois, quando eu digo que a história é desagradável, você me vem com essa de "tu és isto"? O que está tentando me dizer?

O Agente — O que eu quis dizer foi que isso, essa atitude hedionda de meu amigo, é algo que pertence a nossa natureza.
A Voz — Não, eu acho que você quis dizer algo mais.
O Agente — Eu não quis dizer nada, falei por falar.
A Voz — Ninguém fala por falar.

Pausa.

O Agente — Ninguém cala por calar.

Ela olha para mim
com censura.
Eu desvio o olhar
para as tramas.
Ela pigarreia.
Eu tusso.

O Agente — Você me diz por que você riu antes de sair, e eu te digo o que eu quis dizer.
A Voz — Ainda não esqueceu isso?
O Agente — Isso o quê?
A Voz — Quando eu ri.
O Agente — É que seu riso não foi de alegria.
A Voz — Então do que foi, de tristeza?
O Agente — Não, pareceu um riso de desapontamento... de constatação.
A Voz — Você quer mesmo falar sobre isso?
O Agente — Claro.
A Voz — Está bem. Então vamos falar.
O Agente — Vamos.
A Voz — Quando você disse que via na imagem do cigarro um paralelo com a carta do Diabo, achei que não tinha nada em comum. Mas, quando você explicou o significado

da carta, eu realmente extravasei um certo receio que me veio à mente. Foi isso. O riso foi um pensamento que me escapou dessa forma.

O Agente — Que seria?

A Voz — Você disse que o Diabo representa ruína, sujeição, subserviência e não sei o que mais, eu pensei que fazia sentido.

O Agente — Por isso você riu?

A Voz — É. Eu ri porque talvez o Diabo seja você.

O Agente — Eu?

A Voz — É, você.

O Agente — Então eu sou o Diabo?

A Voz — O que você me propôs exige que eu seja subserviente, exige a minha total ou parcial sujeição e me distancia do mundo no momento em que o meu talento está sendo reconhecido, e isso resultaria em ruína. Foi isso que eu pensei. Foi disso que eu ri.

O Agente — Faz sentido. Embora eu tenha outro ponto de vista em relação ao que propus, devo admitir que sua interpretação faz sentido.

A Voz — Eu não estou dizendo que considero você um mal, só quero dizer que talvez eu devesse refletir um pouco mais sobre a sua proposta. Achei, como você me disse, que talvez a imagem fosse uma advertência.

O Agente — Claro. Faz bem.

A Voz — E eu não pensei porque quis, simplesmente me veio tal pensamento.

O Agente — Entendo.

Pausa.

O Agente — E quanto a minha carta?

A Voz — O que tem a sua carta?

O Agente — Ela também pode ser interpretada de uma forma muito negativa. Ela também pode representar uma advertência sobre esta nossa relação.

Ela pega o meu maço
e vira.
Um homem
negro
acende um cigarro
no outro.

A Voz — O oito deitado. Como é mesmo que se chama?
O Agente — A lemniscata.
A Voz — Isso. E por que você diz que ela pode ser uma advertência sobre o nosso acordo?
O Agente — Porque ela representa, entre outras coisas, o eterno retorno. O recomeço. Ou seja, talvez ela me advirta de que eu estou saindo de um relacionamento em que só recebia traição e humilhação, para reiniciar outro.
A Voz — Sendo assim, é melhor repensarmos o nosso acordo de dividir o quarto.

Silencio.
Busco
um contra-argumento.

O Agente — Ninguém consegue dividir apenas o espaço onde vive.
A Voz — Será?
O Agente — Não consegue. Com o convívio passamos a dividir outras coisas. Inclusive o tempo. Simultaneidade. Tautocronia, já ouviu falar?
A Voz — Nunca.

O Agente — Pois é. Apesar de tudo, eu só queria cuidar de você.

A Voz — Tenho me virado muito bem sozinha.

O Agente — Pelo visto, já começaram as agressões...

A Voz — Foi você quem começou a me agredir, porque ficou incomodado com minha risada.

O Agente — Eu?

A Voz — É, você. Com sua história de vingança e sua frase védica.

O Agente — Isso depois de você me agredir com sua risada. Você pensa que eu não senti o desprezo contido nela?

A Voz — Faça-me o favor!

Orgulhos
feridos.
Cigarros
acesos.
Fumaça
em círculos.

A Voz — Acho que devemos repensar nosso acordo.

O Agente — É o que estamos fazendo.

A Voz — Então foi por isso que você me agrediu com sua desagradável história do cachorro? Porque se sentiu desprezado, é isso?

O Agente — Eu só contei a história do cachorro porque foi a primeira que me veio à cabeça.

A Voz — Você estava se vingando. Como seu amigo. Você estava vingando seu orgulho ferido. Estava me advertindo. Me ameaçando.

O Agente — Eu só estava contando uma história.

A Voz — Você sabe que não estava fazendo apenas isso.

O Agente — Quem te assegura?

A Voz — Uma história nunca é contada por acaso.

O Agente — Contamos histórias apenas para passar o tempo. Para nos distrairmos.

A Voz — É melhor você ir embora.

O Agente — Isso é o Diabo, é o Diabo quem está falando.

A Voz — Sou eu quem está falando.

O Agente — Isso é apenas uma provação.

A Voz — O que precisava ser provado já se comprovou. Estamos juntos há um dia e já nos estranhamos.

O Agente — Ao contrário, éramos estranhos e estamos nos conhecendo.

A Voz — Você era mais doce quando era um estranho.

O Agente — A recíproca é verdadeira.

A Voz — A recíproca nunca é verdadeira. Cada um dá em troca o que tem. Isso não implica igualdade.

O Agente — Eu não disse que verdade é igualdade, verdade é a conformidade com o real. Não é assim que a definem?

A Voz — Chega.

Nosso primeiro dia,
nossa primeira briga.

O Agente — A carta que tiramos não é o que somos.

A Voz — Vamos parar com esse assunto.

O Agente — O que quero dizer não é que somos o Diabo, mas que o nosso dia está sendo regido por essa força.

A Voz — Vou tomar um banho. É melhor você ir.

O Agente — Eu não vou desistir assim tão facilmente.

A Voz — Não foi nada fácil.

O Agente — Vamos ver se amanhã temos mais sorte com nosso regente.

Ela vai tomar banho.

    Não pretendo ir embora.
    Mesmo sabendo que
"Fumar causa impotência sexual",
acendo um cigarro no outro.

III

Acordo calado.
    Estou só.
    Talvez tenha ido comprar os cigarros.
    Talvez tenha ido.
    Permaneço deitado.
    Preciso levantar.
    Uma certa depressão
me acalanta.
    Peço café
e constato o maço
vazio.
    Peço cigarros.
    O homem com desenho branco na cara
não tarda.
    No verso,
uma grávida
fuma.
    Talvez seja a mãe
do Natimorto.
    Bebo o café,
fumo
e tomo banho.
    Espero
que ela volte.
    Espero.

Roo
a pele
em volta das unhas.
Sinto
a dor
no estômago.
Exalo
anéis de fumaça.
A Grande Sacerdotisa,
associo.
Ela entra
com a cara fechada.

O Agente — Que bom que você chegou, eu precisava te dizer uma coisa.
A Voz — O quê?
O Agente — Eu errei.
A Voz — Isso é um pedido de desculpas?
O Agente — É mais que isso.
A Voz — Eu também quero me desculpar.
O Agente — Não era o Diabo.
A Voz — Não? Então o que era?
O Agente — O Enamorado.
A Voz — Então você errou feio. O que é o Enamorado? É aquele que está apaixonado?
O Agente — Exatamente.
A Voz — E como você pôde confundir um bem com um mal?
O Agente — Eu interpretei a imagem de forma muito superficial. Eu não refleti suficientemente, me deixei levar pela primeira impressão.
A Voz — É tão semelhante assim? É possível confundir amor com ódio?

O Agente — A disposição das figuras é muito semelhante. Só que havia um detalhe que ficou martelando nos meus pensamentos.

A Voz — Que detalhe?

O Agente — A mão do médico sobre o peito do enfermo.

A Voz — Isso aparece na carta do Enamorado?

O Agente — Claro. Foi isso que me despertou.

A Voz — Então foi um mal-entendido.

O Agente — Sim, foi um descuido.

A Voz — E o que representa o Enamorado?

O Agente — O Enamorado também é conhecido por outro nome.

A Voz — Qual?

O Agente — Os Amantes.

A Voz — Puxa! Você foi de um extremo a outro.

O Agente — As nuances são muito sutis.

O Agente — É preciso frisar um detalhe: a interpretação que faço, o paralelo entre as imagens do cigarro e as do tarô, se refere ao tarô de Marselha, de Grimaud.

A Voz — Então existem outros?

O Agente — A quantidade de baralhos é quase incontável. O de Marselha é considerado o clássico. Dizem que o tarô seria um livro, o único, que escapou das bibliotecas egípcias que foram incendiadas.

A Voz — Então o tarô foi criado pelos egípcios?

O Agente — Alguns acreditam nisso. Court de Gébelin, um pastor francês que viveu no século XVIII, dedicou vinte anos de sua vida ao estudo do tarô. Ele foi o primeiro a defender essa tese. Segundo ele, os ciganos seriam originários dos egípcios que se dispersaram pela Europa e dessa forma disseminaram o costume de ler a sorte nas cartas.

A Voz — Isso é interessante e parece fazer sentido. Como você sabe essas coisas?

O Agente — Minha tia estudou muito o assunto. Ela sempre me contava essas histórias.

A Voz — E você sabe ler a sorte?

O Agente — Acabei aprendendo.

A Voz — Um dia você lê a sorte pra mim?

O Agente — Claro. Só preciso de um baralho.

Trégua.

A Voz — Trouxe o seu cigarro.

O Agente — Eu acabei pedindo.

A Voz — E o que veio?

O Agente — Veio a mulher grávida.

A Voz — Isso é bom?

O Agente — Eu vejo um forte paralelo entre ela e a Grande Sacerdotisa.

A Voz — É uma carta boa?

O Agente — É uma carta muito boa. É a sabedoria, o julgamento correto, o conhecimento sereno. Discernimento.

A Voz — É realmente muito bom tudo isso.

O Agente — É muito bom. Foi o que me faltou ontem, discernimento.

A Voz — E o Enamorado? Fale mais sobre essa carta.

O Agente — O Enamorado... é uma carta muito boa.

O Agente — É harmonia, beleza, amor. Pena que eu não trouxe um tarô de Marselha para poder te mostrar as semelhanças.

A Voz — Sua tia lia a sorte para você?

O Agente — Nunca.

A Voz — Por quê?

O Agente — Acho que, por ela gostar de mim, tinha medo de ver o que viria.

A Voz — Ela preferia não saber.

O Agente — Isso. Caso algo ruim viesse a acontecer.

A Voz — Mas você disse que o tarô é justamente uma advertência, para que possamos de certa forma evitar o infortúnio.

O Agente — Mas há males inevitáveis.

A Voz — Entendo.

O Agente — E o que veio no maço que você comprou pra mim?

A Voz — Curiosamente, a mesma figura, a mulher grávida.

O Agente — Está vendo? Não podemos fugir do nosso destino.

A Voz — Então, você acredita que tudo já está predestinado?

O Agente — Eu penso que não se foge ao inevitável.

A Voz — Você é um fatalista.

O Agente — "O que consola é o fatalismo", disse Schopenhauer.

A Voz — Schopenhauer? Você leu Schopenhauer?

O Agente — O suficiente.

A Voz — Ele era um grande fatalista.

O Agente — Eu não penso assim. Acho que ele conseguiu compreender o mundo como ninguém. O que parece ser fatalismo, na minha opinião, é um distanciamento da paixão. Schopenhauer viu o mundo desnudo de seu véu.

A Voz — Bem, eu nunca li Schopenhauer. Seu pensamento me chegou pelo que os outros dizem que ele teria dito.

O Agente — É preciso ler *O mundo como vontade e representação*. É o mínimo que podemos fazer.

A Voz — Eu prometo ler, um dia.

O Agente — Procure a versão portuguesa, da editora Rés.

Ela ri.
Eu devolvo
o sorriso.

A Voz — Eu queria te convidar para almoçar. Tem um restaurante muito aconchegante aqui ao lado do hotel.

O Agente — Não. Eu não pretendo sair deste quarto enquanto puder pagar por isso.

A Voz — Mas é aqui ao lado. Você praticamente nem sairia.

O Agente — É muito longe pra mim.

A Voz — É só um pequeno passeio, e assim você poderia respirar um pouco de um ar que não fosse condicionado.

O Agente — Não. Não pretendo sair. Prefiro este ar. Eu mesmo estou me condicionando.

A Voz — Que pena.

O Agente — Eu queria te pedir que comprasse umas roupas para mim.

A Voz — Claro.

O Agente — Também roupas de baixo e um pijama.

A Voz — Claro. Quando eu for almoçar, aproveito e passo no shopping.

O Agente — Eu te dou o meu cartão e a minha senha, assim você saca um pouco de dinheiro.

A Voz — Você realmente tem confiança em mim, vai me dar a senha do banco.

O Agente — Eu estou confiando muito mais que isso a você.

A Voz — E se eu te desapontar?

O Agente — Cedo ou tarde, sempre nos desapontamos.

A Voz — E se eu não voltar?

O Agente — Ficarei mais triste por sua ausência do que pelo dinheiro.

A Voz — Você é tão gentil, tão desprendido.

O Agente — Acho que o passo mais difícil foi admitir que meu casamento havia fracassado.

A Voz — E parece que isso te fez bem.

O Agente — Isso me trouxe muita serenidade.

A Voz — Isso é muito bom.

A Voz — Vou tomar um banho.
O Agente — Eu acabei de tomar.
A Voz — Já volto.

Ouço a água
cair.
Depois, o som se altera,
quando ela entra
sob a água.
Então, sinto o perfume
do sabonete
enquanto uma névoa
de vapor
invade o quarto
pela porta entreaberta.
Desejo
e me esforço
por não desejar.
O chuveiro
silencia,
e em meu silêncio
procuro
vislumbrar
o que se segue.
Ouço um som abafado,
imagino
a toalha sendo puxada
do aparador
e abraçando
as formas
da Voz.
Então, ela entra no quarto
sorrindo,

vestindo
apenas
a toalha
com o brasão
do hotel.

    A Voz — Esqueci de separar minha roupa.

    Procuro
em vão
desviar
o olhar.
    Ela percebe
minha luta
e solta a toalha
para poder
se secar
enquanto
me umedece
de suor
e desejo.
    Percebendo
minha derrota,
seu olhar
me desafia.
    Bruscamente,
me levanto
e procuro
o cigarro.

    A Voz — Acende um pra mim também?
    O Agente — Claro.

Ela vem
nua
em minha direção,
mas age como
se estivesse
vestida.

Toma o cigarro
de minha boca
e fuma
sorrindo.

O Agente — Uma vez eu estava na praia...

Trago.

O Agente — E vi um garoto construindo um castelo de areia. Ele era muito detalhista e avançava cuidadosamente em sua construção. Cuidava de cada pormenor, as minúsculas janelinhas, o recorte da muralha, a porta e até sua ponte suspensa. O menino dedicou um bom tempo, pacientemente, a seu projeto.

Trago.

O Agente — Uma vez concluído o castelo, o garoto tomou distância e contemplou a obra. Volteou sua réplica sorrindo de contentamento, depois começou a golpeá-la com os pés até desfazê-la por completo.

A Voz — Mais uma bronca em parábola?
O Agente — Como?
A Voz — Essa história me lembrou a do cachorro.
O Agente — Não, eu só queria me distanciar.
A Voz — Se distanciar? De quê?
O Agente — De sua nudez.

A Voz — Pronto, já estou vestida.

O Agente — Eu recorri à primeira história que me veio à mente por causa da minha determinação... você sabe, quanto a minha opção... assexual.

A Voz — Minha nudez te desconcertou?

O Agente — É, eu não esperava essa naturalidade.

A Voz — Te excitei?

O Agente — Prefiro não falar sobre isso.

A Voz — Por quê?

O Agente — Porque isso me excitaria ainda mais.

A Voz — Então, te excitei.

O Agente — Era isso que você queria?

A Voz — Quem sabe?

IV

Eu não falei
que a Grande Sacerdotisa
também representa
emoções ocultas.
    Incapacidade
de partilhar.
    Tendência
para evitar
sentimentos.
    E que, invertida,
pode ainda representar
falta de compreensão.
    Ignorância.
    Egoísmo.
    E a carta do Enamorado,
ou Os Amantes,

representa também
a luta
entre
o amor
sagrado
e o amor
profano.
 Submissão
a uma prova.
 Desatenção.
 E, se invertida,
separação.
 Deslealdade.
 Planos imprudentes.
 Frustração
no amor.
 Isso
eu não falei.

 Revejo-a
em pensamentos,
saindo
do banho
e largando
a toalha.
 Seu corpo,
desejo
e desejo
não desejar.

 O tempo
segue
imutável.

   Luto
para que ela
me queira
ou me deixe
ficar.

V

Acordo
só,
como de costume.
   Café
e cigarro.
   Dor no estômago
e pequenas luzes
cintilam
diante de meus olhos.
   Eu conheço essas luzes:
são advertências.
   Enxaqueca.
   Conheço a sequência.
   Primeiro, a luz,
depois, a dor.
   Isso prenuncia
os ataques.
   No maço,
um homem
sufocado
afrouxa a gravata.
   "Quem fuma não tem fôlego para nada."
   O Enforcado,

lâmina
doze.
 Abandono.
 Reversão da mente
e da maneira de viver.
 Arrependimento.
 Rendição.
 Influência de fatores externos.
 Invertida,
falsa profecia,
sacrifício inútil.
 Na disposição das cartas
do tarô,
deve-se iniciar
com o Louco,
o Bobo.
 A carta sem número.
 Um homem vaga sem rumo,
seguido por um cão
que late a seus pés.
 O Louco
carrega uma trouxa nas costas
e vaga.
 Depois
vem o Mago,
um jovem
de pé
diante de uma mesa
repleta de objetos.
 Essa é a lâmina de número um.

 Pequenos mistérios:

1 — o Mago

Sobre a mesa
uma faca
representa
o primeiro naipe do baralho.
Gládios.
Gládios
corresponde ao nosso naipe de espadas.
Uma pequena vara
fálica
representa
o naipe de bastões,
que corresponde ao de paus.
Vemos também
sobre a mesa uma taça,
naipe de taças,
copas.
E moedas simbolizam
o naipe de pentagramas,
ouros.
A sequência dos naipes
simboliza
a evolução espiritual
do homem.
Inicia com a espada,
o instinto destrutivo,
e na passagem de naipe
a espada se converte em cajado:
paus.
Na ascensão,
o cajado
torna-se

cálice,
copas,
coração.
    O amor.
    E o amor
se converte
em ouro,
pentagrama.
    Perfeição,
prosperidade,
êxtase.
    O Mago
é o emblema
do homem
no caminho da evolução
em direção da sabedoria.
    Com o Mago
iniciam-se
os pequenos mistérios.
    Primeira fase do baralho:
caminhos iniciáticos.

    II — a Grande Sacerdotisa

    A Papisa.
    Em sua busca,
o Mago
a encontra,
a detentora
dos segredos do mundo.
    A Grande Sacerdotisa segura em suas mãos
o livro do conhecimento.
    Sabedoria.

III — a Imperatriz

A mãe,
a irmã,
a esposa,
fertilidade.

IV — o Imperador

O poder mundano,
autoridade,
pai,
irmão,
marido.
Domínio da inteligência
sobre a paixão.

V — o Hierofante

O Sumo Sacerdote.
Ritualismo
cerimonial.

VI — o Enamorado

Os Amantes.
O jovem Mago,
ignorando
o aconselhamento
de seus pais
e esquecendo sua busca
e suas tradições,
descobre a mulher
e seus encantos.

Traído por seus instintos,
se apaixona.
Irresponsabilidade.

VII — o Carro

Coroado,
o jovem,
em poder de um carro
puxado por dois cavalos,
recebe o poder da escolha.
Cada cavalo representa
um caminho.
Só existem dois:
o vício
ou a virtude.
Cabe ao jovem
— que foi Mago
e depois se enamorou —
escolher
o seu.
Perturbações
e adversidades.

VIII — a Justiça

Astreia.
Filha de Zeus e de Têmis.
Desejo sincero,
equidade,
racionalidade.
A Justiça
faz com que o jovem

se lembre
da lei.

    ix — o Eremita

  Hermes.
  O Tempo.
  O Eremita lhe indica o caminho.
  É o Eremita quem põe em movimento
a Roda da Fortuna.

    x — a Roda da Fortuna

  O Destino.
  Fado.
  A execução da justiça
não hesita.
  Para o bem ou para o mal.

    xi — a Força

  Só a Força pode deter a Roda da Fortuna.
  É o fim da primeira via:
o iniciado
veste o chapéu da lemniscata.

  A fase mística:

    xii — o Enforcado

  Transição.
  O iniciado penetra
num mundo invertido.

XIII —

A carta sem nome.
A Morte.
Transformação.

XIV — a Temperança

Conhecendo seus limites
e adquirindo força interior,
só assim o homem poderá
enfrentar o Diabo.

XV — o Diabo

A grande provação,
a tentação.
O orgulho nos leva
à queda.

XVI — a Torre

A Casa de Deus.
Babel.
O homem,
no desejo de igualar-se a Deus,
tem a habitação divina fulminada.

XVII — a Estrela

Esperança, fé,
inspiração.
Base do eixo vertical do tarô.

XVIII — a Lua

O inconsciente.
Os enganos.

XIX — o Sol

Os gêmeos:
pela primeira vez,
o homem não está só.

XX — o Julgamento

O cume da iniciação,
o Juízo Final.

XXI — o Mundo

O homem percebe que nada
do que conquistou tem valor.
O homem deve resignar-se
e admitir que
"há uma diferença entre a nossa natureza e a de Deus.
A única relação possível com Ele reside
na Esperança,
no Abandono
e no Amor".

A volta do círculo:
o Louco.
Vinte e um arcanos numerados
e o Louco.

Os sete ternários
e os três setenários.
　　O Sujeito,
Espírito.
　　O Verbo,
a Alma.
　　O Resultado,
o Corpo.

VI

A Voz — Nossa, está tão quente lá fora!
　　O Agente — Trouxe o meu cigarro?
　　A Voz — Puxa! Eu esqueci!
　　O Agente — Eu vou pedir.
　　A Voz — Você não vai se levantar?
　　O Agente — Daqui a pouco.
　　A Voz — Não acha que tem passado muito tempo deitado?
　　O Agente — Não sei.
　　A Voz — Você está bem?
　　O Agente — Estou.

VII

A Voz — Estou tão ansiosa.
　　O Agente — Isso é visível.
　　A Voz — É amanhã.
　　O Agente — Eu sei.
　　A Voz — Você acha que ele vai gostar da minha voz?
　　O Agente — O Maestro é muito perspicaz.
　　A Voz — Espero que ele me aprove.

O Agente — As chances são amplas.

A Voz — Se ele me quiser, faço questão de te dar a sua porcentagem.

O Agente — Não é preciso.

A Voz — Eu faço questão.

O Agente — Não há necessidade.

A Voz — Você me agenciou.

O Agente — Era o mínimo que eu podia fazer.

A Voz — Ai, estou tão nervosa!

O Agente — Fique tranquila, vai dar tudo certo.

A Voz — Você diz isso por causa da figura que tirei pela manhã, o Natimorto?

O Agente — Também.

A Voz — Sabe, é difícil acreditar que essa imagem possa representar algo bom. Um bebê recém-nascido cheio de tubos e visivelmente doente, decrépito.

O Agente — Ele representa a vida vencendo qualquer obstáculo. Apesar de muito doente, ele nasceu.

A Voz — Talvez você esteja certo.

O Agente — Quem nasce morto não nasce?

A Voz — Como assim?

O Agente — Mesmo que um bebê nasça morto, nós consideramos o seu nascimento.

A Voz — Mas ele não viveu.

O Agente — Viveu uma vida intrauterina. Para morrer, é preciso viver.

A Voz — Mas isso é horrível, é triste.

O Agente — Isso é sublime. Ele tornou mãe a mulher que o pariu. E ela sempre dirá: meu filho "nasceu" morto. Isso o torna um ser superior, quase santo. Viveu sem macular-se com o mundo. Pulou uma passagem de sofrimento e desilusão. Foi da não existência para a não existência protegido no interior de sua mãe. Puro.

A Voz — Que horror! Do jeito que você fala, parece que a vida é uma doença.

O Agente — Alguém já disse que a vida é uma doença fatal e sexualmente transmissível.

A Voz — Credo! Às vezes você é tão mórbido. Já pensava assim antes de ler Schopenhauer?

O Agente — Ele apenas me encorajou a aceitar o que eu sentia.

A Voz — Ai! Vamos sair um pouco? Vamos almoçar?

O Agente — Vá você.

A Voz — Você não vai sair nunca?

O Agente — Enquanto puder ficar, ficarei.

A Voz — Não sei como você aguenta ficar aqui trancado.

O Agente — E eu não sei como você consegue ficar lá fora solta.

A Voz — O que você faz quando está aqui sozinho?

O Agente — Eu te espero.

A Voz — Você é tão dependente. Que tipo de relação estamos desenvolvendo?

O Agente — Somos contemporâneos.

A Voz — Contemporâneos?

O Agente — É isso que somos, nada mais que isso. Pode ficar tranquila, não quero nada mais de você além de sua contemporaneidade.

A Voz — Sabe que eu estou quase desenvolvendo uma claustrofobia?

O Agente — Sério?

A Voz — É, só de ver você trancado aqui, sem sair para nada. Isso me dá uma agonia.

O Agente — Eu só estou fazendo o que disse que faria.

A Voz — Mas uma coisa é o que dizemos e outra o que fazemos.

O Agente — Existe ainda o que pensamos, que não é nem uma coisa nem outra.

A Voz — Nem uma coisa nem outra?

O Agente — É, não é o que falamos e também não é o que fazemos.

Ela solta uma arfada
de ar.
Parece sufocar-se
em minha presença.
Depois
vai
almoçar.
Eu espero.
Espero
que ela perceba
que, mesmo quando saímos,
não vamos
a parte alguma.
Estamos sempre
no mesmo lugar.
Permaneço.
Presente.
O presente,
tudo o que nos resta.
Somos como o menino
que constrói castelos
de areia.
Aguardamos
a materialização
para podermos destruir
tudo o que construímos
à nossa volta.
Essa é nossa natureza:
somos destruidores.

Somos o câncer
do mundo.
Venceremos
quando nada
restar.
Hoje
ela demora
mais.
Espero
mais.
Fumo
dobrado.
Acendendo
a ponta de um no outro.
Minha própria lemniscata,
meu princípio e fim.
Permaneço sentado,
observando
a fumaça.
Penso em histórias
para matar
o tempo.
Amanhã
ela conhecerá
o Maestro
e ele a seduzirá.
E ela,
como todas,
o receberá
na fraqueza
de sua vagina.
E, talvez fascinada,

não volte
e me esqueça.
    E eu suma,
esquecido.
    Minha imagem
pouco a pouco
desbote
até que eu
deixe de ser.

VIII

Então,
já é noite,
agora,
quando ela chega.
    Ansiosa
por amanhã.
    Mal me nota.
    Corre para o banho
de porta fechada.
    Lacrada.
    A mim,
apenas
boa noite.

    Boa noite.

    Quanto mais eu me protejo,
mais eu me firo.
    Quanto maior a doçura,
mais forte é o enjoo.

3

I

Ela saiu cedo,
antes mesmo dos cigarros.
    Enquanto eu dormia
ou pensava dormir
e sonhava
com o dia a dia
que sonho
viver.
    Hoje é o dia
do Maestro.
    Remoo
farpas
de pensamentos
passados.
    Recordo
quando minha
antiga mulher
conheceu
o Maestro.
    Sorvo
um ressentimento
amargo.
    Hoje
ela tardará.
    Ninguém
resiste
aos encantos
do Maestro.
    Em meu maço,
pela manhã,

o casal
da impotência.
   Figurou
como a Lua
figura.
   A Lua,
lâmina
dezoito.
   Dois cães
uivam
enquanto bebem
lágrimas
lunares.
   Sob eles,
um lençol
de água.
   Na água,
uma criatura,
dizem,
um escorpião.
   A Lua é cortada,
não vemos
a parte superior.
   No maço,
dois seres
humanos.
   Um casal
amarga
a não concretização
do amor.
   A impotência.
   Na parte inferior
da imagem,

um lençol
cobre
seus órgãos
genitais.
  Na parede
azul,
como o céu,
vemos no centro
um detalhe
da moldura
de um quadro
que não vemos.

   A Lua.

   Desonestidade.
   Obscuridade.
   Perigo.
   Desgraça.
   Desilusão.

   Um amigo
um dia
me disse
que os médicos
haviam desenganado
seu pai.
   Perguntei:
então eles o estavam enganando?
   Quando desenganado,
morreu.

O Maestro.
Com ele
minha antiga
mulher
se deitou.
Muitas vezes.
O Maestro
gostava
de fazer
sua boca
transbordar
de esperma.
Sexo,
até os ratos
praticam.
Moscas
fornicam.
Vermes
fodem.

Eu sei
porque ela
me contou.
Ela disse
que não seria digno
esconder de mim.
Ela disse
que não poderia
mentir
para mim.
Ela disse também
que não pôde
evitar.

Foi mais forte.
Eu fingi
assimilar
o golpe.
Menti
que a compreendia.
Então
decidi
ser
mais
forte
do que
o sexo.
Sexo,
até as baratas
fazem.
Sexo
é o que a Voz
deve estar
calando
agora.
Se
eu
pudesse
trancar
a porta.
Quem me dera
ter a sorte
do Natimorto.
Tudo
teria
passado.

II

A Voz — Nossa, ele é incrível!
O Agente —
A Voz — Ele é tão inteligente, tão educado, tão...
O Agente —
A Voz — Ai! Eu estou até tonta! Bebi tanto vinho.
O Agente — Eu sabia que você ia se impressionar com ele.
A Voz — Ele é fantástico.
O Agente —

O Maestro
é isso,
o Maestro
é aquilo.
O Maestro
não sei o quê.
O Maestro
não sei o que lá.
O Maestro não sei o que isso.
O Maestro não sei o que aquilo.
O Maestro não sei o que mais.

O Maestro
rege
meu
rancor.
Logo
ela
se deitará
também.
O Maestro,
o Maestro e sua maestria.

Fornicador.
Sedutor
barato.
Rufião.

Ela se instala em meu ombro
e dorme
o sono
dos impuros.
Sinto
um enorme impulso
de apertar sua garganta,
de calar sua voz.
De enterrar minha descoberta.
De fazê-la
morrer
olhando
nos meus olhos
para nunca
me esquecer.
Me imortalizar
em sua passagem.
Mas acabo
dormindo
em seu conforto.
Aquecido
pelo calor de seu corpo.
Embriagado
por seu hálito.
Desmentindo
minha determinação.
Escravo
da vontade.

Amanhece,
apenas
eu.
Uma nota
sobre o travesseiro
comunica
sua saída.
*Almoço
com o Maestro.*
Comprará um vestido
novo
e irá direto.
Bodas.

Peço cigarros,
café,
e prontamente
sou atendido
pelo homem
bicolor.
Hoje,
para mim,
o Natimorto.
Eu represento
o que ele
de fato
representa.
Natimorro.

Natimorro.

 O dia
escoará
de forma lenta.
 O tempo
imutável
em pensamentos
sobrepostos.
 Ilude
mudança.
 Agora,
minha descoberta
só se revela
ao Maestro.
 Sua voz,
que de pureza
se torna
inaudível,
para mim
silencia.
 Nada mais tenho
a oferecer,
senão
a decifração
da embalagem
e histórias
cada vez mais
amargas.

III

O Agente — Trouxe o cigarro?
 A Voz — Trouxe.

O Agente — Tirei o Natimorto, e você?
A Voz — Não sei.
O Agente — Como não sabe? Não olhou?
A Voz — Eu comprei uma cigarreira.

Ela me mostra
uma coisa horrível:
uma pequena boceta
de plástico.
Um plástico
que imita
couro
de cobra.

O Agente — Por quê?
A Voz — Cansei dessa brincadeira.
O Agente — Que brincadeira?
A Voz — Você sabe.
O Agente — Eu não sei.
A Voz — Estava me incomodando, essa coisa de desvendar o meu dia.
O Agente — As imagens visam te ajudar, te prevenir.
A Voz — Você leva suas ideias muito a sério.
O Agente — Se você não acredita, por que escondeu a imagem sem ao menos ver qual era?
A Voz — Essa coisa estava me incomodando, me impressionando.
O Agente — Você se sente mais segura assim?
A Voz — É como você mesmo disse, sua tia não lia a sorte para você porque não queria sofrer antecipadamente. Eu, também, não quero saber.
O Agente — Mas então você também leva minhas ideias a sério, porque, senão, não precisaria esconder a imagem.

A Voz — Se você quiser, posso comprar uma cigarreira para você também.

O Agente — Muito obrigado.

A Voz — É muito antinatural essa coisa de querer adivinhar o destino, ele é imprevisível.

O Agente — Se você não tentar interpretá-lo, eu garanto que ele vai te surpreender muito mais.

A Voz — Isso até parece uma de suas ameaças.

O Agente — Essa é a sua interpretação.

A Voz — Cão que ladra não morde.

O Agente — O Rex latia.

A Voz — Quem é Rex?

O Agente — O cachorro que mordeu meu amigo.

A Voz — O que você está tentando dizer? Por que não fala logo de uma vez?

O Agente — Por que você não descobre o que quero dizer olhando o seu maço de cigarros?

IV

Amargo
o amargo.
    Espero
o esperado.
    Prevejo
o previsível.
    Deito
na cama
desfeita.
    Pressiono
meu sexo
contra a maciez

do colchão
de uma cama vaga.
   Imagino
o que segue.
   Me agrido
com imagens
que evoco.
   Trocas.
   Jogos
de interesses
diversos.
   Diversão.
   Meu desejo
de ódio
lateja.
   Movimento
de forma cadenciada
em busca
de um instante
de breve prazer
intangível.
   Copulo
com o meu vazio.
   Simulo
o sexo
que quero vencer.
   Me fodo.
   Verto
sêmen
como se fossem
lágrimas.
   Choro
por um órgão

reprodutor
infecundo.
    Adormeço
sobre a poça,
que era tão quente
e agora
esfria.

V

É noite
quando acordo,
suponho.
    Nunca abro as cortinas.
    Nada sei
sobre o mundo
lá fora.
    Surpreendo-me
com meu obscuro
mundo
interior.
    Desejo
de morte.

    O açúcar
no fogo
amarga.

    Jurei
que ninguém mais
iria me machucar.
    Quem?

Com o ferro fere?
Mordo
o lábio
inferior
até sentir
o gosto
ferruginoso.
Mutilo
a mim
mesmo.
Por fora
e por dentro.
Mordo
minha língua
até locupletar
minha boca.
Depois
me engulo,
vampiro.
Quando ela voltar,
será tarde.

Furioso,
vencido,
novámente.
Masturbo-me
feito
macaco.
De ódio,
encontro
prazer.
Vencido,
fraco.

Doente.
Dolente.
Permaneço
deitado
buscando,
incansavelmente,
um descanso.
Quando o éter se aproxima,
ouço o barulho da porta.
Ela chega sorrindo.

A Voz — Ainda acordado?
O Agente — Como foi?
A Voz — Foi ótimo, passamos o dia juntos.
O Agente — Não me diga.
A Voz — Eu, o Maestro e seu filho.
O Agente — O soprano?
A Voz — É, o soprano.
A Voz — Que rapaz encantador.
O Agente — Tal pai, tal filho.
A Voz — Agora você disse tudo.
O Agente — E o Maestro? Não se engraçou com você?
A Voz — Que pergunta!
O Agente — É que eu conheço a peça.
A Voz — Que comentário infame.
O Agente — É que eu sei que ele não pode ver um rabo de saia.
A Voz — Você está com ciúme?
O Agente — Claro que não.
A Voz — Só faltava essa. Agora eu vou ter que te dar satisfação?
O Agente — Eu não estou pedindo satisfação.
A Voz — Você estava me sondando.

O Agente — Só perguntei por perguntar.

A Voz — Eu acho que deixei bem claro que nós só estamos dividindo o quarto. Somos colegas de quarto, e isso não te dá o direito de se meter na minha individualidade.

O Agente — Eu sei.

A Voz — É engraçado uma pessoa que se diz assexuada se preocupar com uma coisa dessas.

O Agente — Não entendi.

A Voz — Que importância teria se ele me cortejasse?

O Agente — Eu só falei que ele é um garanhão para evitar que você se machuque.

A Voz — Eu não sou tão delicada assim. Eu aguento o tranco. E, além do mais, o Maestro é um amor de pessoa, é um *gentleman*.

Irritada,
ela fica ainda mais
irritante.

Se ela pudesse saber
o que sinto.

Se ousasse suspeitar
a fúria
que procuro abafar.

Se previsse
o destino
de meus pensamentos,
que procuro conter
para não transformá-los
em palavras
ou atos.

A Voz — Vou dormir, já passa das duas.

O Agente — Durma com os anjos.

Irritada
e exausta,
rapidamente
adormece.
   Enquanto,
na penumbra,
a observo
e mentalmente
a executo
com requintes
de crueldade.
   Minhas têmporas
trepidam
enquanto procuro
manter minhas mãos
longe
de seu delicado pescoço.
   Longe
da faca afiada
que partiu o bife
da minha janta.
   A fúria
me mantém acordado.
   Preserva elétrico meu corpo
e mantém minha mente
terrivelmente ocupada.
   Terrivelmente ocupada.
   Mas enfim amanhece.
   A manhã nos salva,
mais a ela do que a mim.
   Ela se assusta ao me ver acordado.

A Voz — Você não dormiu?

O Agente — Acabei de acordar.

A Voz — Me assustei quando abri os olhos e te vi me olhando.

O Agente — E por que se assustou?

A Voz — Seu olhar parecia estranho.

O Agente — Deve ser por causa da penumbra.

A Voz — Pode ser.

O Agente — Não! Não ligue a TV.

A Voz — Por que não?

O Agente — Eu não quero saber o que se passa lá fora.

A Voz — Não foi isso que você demonstrou ontem quando cheguei. Ao contrário, estava bem curioso para saber o que havia se passado.

O Agente — Mas, nesse caso, o interesse era pelo que você poderia trazer aqui para dentro.

A Voz — Ai! Quanta bobagem! Vou tomar um banho. Enquanto isso, peça o café.

O Agente — Sim, senhora.

Apanho a faca que cortara o bife
e a escondo na gaveta
que esconde o Evangelho
que o hotel oferta.

Depois peço café
e *croissants*.

E, é claro, dois maços de Cowboys Light.

Desta vez dedico maior atenção
ao desenho que o vitiligo formou.

Parece um mapa,
talvez de um tesouro
que ninguém vai procurar.

Deixo os maços sobre a bandeja
para que ela pegue
o que lhe pertence
pensando que o escolheu.
Hoje ela não esqueceu da roupa
separar.
Sai
e entra
vestida.
Serve-se de café
e de um naco do *croissant*.
Não me olha.
Evita me olhar
com medo de ver em meus olhos
o que viu ao acordar.
Quando termina,
calada,
retira o celofane do maço
e o enfia
no pedaço de cobra
plástica.
Sem olhar atrás.

O Agente — E então, não vai olhar o que veio?
A Voz — Não. Não quero saber.
O Agente — Não?
A Voz — Vamos admitir, tudo isso é bobagem.
O Agente — Você não vai voltar atrás?
A Voz — Por isso comprei a cigarreira.
O Agente — Engraçado, antes você achava uma ideia brilhante.
A Voz — É realmente uma ideia muito boa para ser aproveitada no campo da ficção. Foi o que eu disse, que você devia

escrever sobre isso.

O Agente — Entendo.

A Voz — Melhor assim. Chega de dar importância a coisas que não têm nenhuma.

O Agente — É assim que se fala.

A Voz — É impressão minha, ou você está um tanto irônico hoje?

O Agente — É apenas impressão.

Ela acende o cigarro com uma longa e profunda tragada. Imito seu movimento.

O Agente — E quanto a isso que está escrito em meu maço, isso também não deve ser considerado?

A Voz — E o que é que está escrito?

O Agente — "Fumar causa mau hálito, perda dos dentes e câncer de boca."

A Voz — Você sabe que isso é verdade.

O Agente — De qualquer forma, posso saber que figura você tirou?

A Voz — Se quiser, pode olhar, contanto que não me diga.

O Agente — Vamos ver.

A Voz — Você pode ver a imagem, pode até interpretá-la, mas eu não quero saber. Entendeu? Eu não quero saber o que você pensa que a imagem representa. Combinado?

O Agente — Claro, combinado.

"Crianças começam a fumar ao verem os adultos fumando."

Um adulto, um homem,
fuma com olhar distante.

A seu lado, um garoto,
provavelmente seu filho,

brinca com o maço do cigarro.
 Estão encostados numa mureta,
parecem estar na praia.
 O muro, em perspectiva,
lembra uma estrada
ou um prédio muito alto.
 Vemos areia
de ambos os lados.
 Talvez o pai mire o oceano,
o menino contempla o maço,
que descansa no muro.
 Se considerarmos o muro
estrada, por associação,
será a lâmina de número sete.
 O Carro.
 A carta sugere perturbações
e adversidades,
talvez já superadas.
 Influências conflitantes,
fuga da realidade,
urgência na conquista do controle
das próprias emoções.
 Invertida,
representa
derrota,
fracasso,
perda.
 Colapso.
 Se considerarmos o muro
prédio, teremos a Torre.
 A Torre representa
mudança total e súbita.
 Acontecimentos inesperados,

falência,
fim,
mudança terrível,
queda,
ruína,
perda,
perda de estabilidade,
calamidade.
    Invertida,
representa
aprisionamento,
opressão contínua.
    Estar aprisionado a uma situação infeliz.
    Definitivamente, a imagem representa a Torre.
    Mas, como havia prometido,
não falo nada.

    O Agente — Quer ver o que eu tirei?
    A Voz — Não.

"Fumar causa mau hálito, perda dos dentes e câncer de boca."
A Rainha despreza o Rei pelo que sai de sua boca.
Essa imagem é definitivamente um dos novos arcanos.
    Um homem, à esquerda da imagem, sorri para a moça
que está a sua direita.
    A moça, com ar de desagrado, desvia o rosto.
    Os braços sugerem uma luta.
    O homem empunha seu cigarro na mão esquerda, que está
suspensa, enquanto a moça ergue seu braço esquerdo em sinal
de defesa.
    Ao fundo, vemos um friso
que parece ligar
uma cabeça à outra.

Vemos também uma nesga de um cenário desfocado.
Um reino.
Sobre o friso que os une,
vemos outro friso inclinado.
Os frisos são escuros,
quase negros.
O céu é claro,
quase branco.
E a junção dos frisos
triangula,
sugerindo
uma lâmina.
Feito a lâmina de uma faca
que atinge
a cabeça da moça.
Na parte inferior,
temos o canto
de uma mesa
igualmente negra,
onde o homem
apoia sua mão direita
de punho fechado.

VI

A Voz — O Maestro me convidou para almoçar com ele.
  O Agente — É bom, assim você não come sozinha.
  A Voz — Espero que você não se importe.
  O Agente — Tenho almoçado só, não fará diferença.
  A Voz — Não está jogando isso na minha cara, está?
  O Agente — É claro que não.
  A Voz — Você almoça sozinho porque quer, eu sempre

te convido.

O Agente — Me convida para sair, mas sabe que isso não está nos meus planos.
A Voz — Parece que não está dando muito certo isso.
O Agente — Isso?
A Voz — Você sabe, esta nossa parceria.
O Agente — Você acha que não está dando certo?
A Voz — Você acha que está?
O Agente — Por que não?
A Voz — Não sei se quero entrar nesse assunto.
O Agente — Você levantou o assunto, por que não continuar?
A Voz — Não sei, eu não quero te machucar.
O Agente — Você não vai me machucar, pode ficar tranquila.

Mesmo cientes
de que "Nicotina é droga e causa dependência",
acendemos novos cigarros.

A Voz — Você é muito sensível.
O Agente — Isso não me pareceu um elogio.
A Voz — Essa é a questão.

Tragamos.

O Agente — Essa não é a questão.

Disse isso enquanto exauria a fumaça de meus pulmões.

A Voz — Você é sensível demais.
O Agente — Sensível demais... Isso não parece bom.
A Voz — Isso não é bom. Não é bom para você e não é bom para quem está próximo de você.

Reencontro
os padrões
que haviam sumido
pelo costume.

O Agente — Não é bom para mim nem para quem está próximo...
A Voz — Eu falei para o Maestro que estamos dividindo um quarto.
O Agente — Você contou isso a ele?
A Voz — Não podia?
O Agente — Agora minha ex-mulher já sabe onde estou.
A Voz — Eu lhe pedi que não diga nada a ela caso a encontre.

Trago
profundamente.

A Voz — Você me lembra aquele rapaz do filme da bolha de plástico. Você viu esse filme?
O Agente — Acho que não.
A Voz — É um rapaz que nasceu com um problema de saúde, ele não tem anticorpos ou algo assim, e a única forma de sobreviver é se protegendo dos outros numa bolha de plástico.
O Agente — Se protegendo dos outros?
A Voz — É, de possíveis infecções que os outros podem carregar e transmitir para ele.
O Agente — Entendo. Para se proteger, ele se fecha numa bolha de plástico.
A Voz — Isso.
O Agente — É uma incrível metáfora. Você devia escrever essas coisas, você é muito criativa.
A Voz — A ideia não é minha, é um filme.

O Agente — Eu nunca ouvi falar desse filme, talvez ninguém o tenha visto. Você poderia se apropriar da ideia.

A Voz — Está vendo como você se deixa afetar facilmente?

Esmago
a ponta do cigarro.

A Voz — Você viu como você é sensível?

O Agente — "Fumar causa mau hálito, perda dos dentes e câncer de boca."

A Voz — Esquece isso!

O Agente — Isso o quê?

A Voz — Essa história de tentar antever a vida no maço do cigarro.

O Agente — Eu estava pensando em outra coisa.

A Voz — No que você estava pensando?

O Agente — Lendo isso, eu me lembrei de um pensamento que me ocorreu certa vez.

A Voz — Que pensamento?

O Agente — É sobre os dentes.

A Voz — O que têm os dentes?

O Agente — "Fumar causa mau hálito, perda dos dentes e câncer de boca."

A Voz — De novo?

O Agente — É que uma vez eu estava folheando um livro que tenho, um livro com fotos de personalidades.

A Voz — E?

O Agente — Você já viu alguma foto do Baudelaire?

A Voz — Não sei, não estou lembrada. Por quê?

O Agente — Porque ele parece um cara muito sério, digo isso pela impressão que dá o retrato.

A Voz — Imagino que ele fosse realmente sério.

O Agente — Eu acho que ninguém é sério. Somos todos perversos.

A Voz — Perversidade nada tem a ver com ser sério ou não.

O Agente — Será?

A Voz — Aonde você quer chegar?

O Agente — Nisso dos dentes...

A Voz — Nisso o quê?

O Agente — E do Nietzsche, você já viu uma foto?

A Voz — Do Nietzsche já, mas por quê?

O Agente — Eu não gosto do Nietzsche, acho ele muito adolescente.

A Voz — O Nietzsche, adolescente?

O Agente — É, muito imaturo, muito inflamado...

A Voz — E o que isso tem a ver com a foto dele?

O Agente — Eu acho que ninguém é sério.

A Voz — Isso você já falou.

O Agente — Eu penso que esses sábios, essas personalidades do passado, eram muito vaidosos.

A Voz — Vaidosos?

O Agente — Eu acho que o Baudelaire posou com aquele ar sério, com aquela cara de mau, por vaidade.

A Voz — E o que te faz pensar isso?

O Agente — Eles deviam ser banguelas, desdentados. Por isso fechavam a boca, por vaidade. Para não saírem caxinxas nas fotos.

A Voz — Caxinxas?

O Agente — É, caxinxa é o mesmo que "banguela". Naquele tempo não havia recursos odontológicos como há hoje em dia. E aquele bigode do Nietzsche, aquilo é um tapa-banguela. E o Darwin, você já viu ele rindo?

A Voz — Acho que não.

O Agente — O Disney ria porque no tempo dele já existia dentadura, mas, antes, todo mundo tinha que fazer ares de sério.

A Voz — Que bobagem tudo isso!

O Agente — Antes, tudo o que eu dizia era fantástico e deveria ser escrito num livro, agora tudo o que falo é bobagem.

A Voz — Eu não disse que você só fala bobagens, está vendo como você é?

O Agente — Não, eu não consigo me ver. Só consigo me ver invertido, no espelho. Eu não sei como sou.

A Voz — Eu acho que essa sua sensibilidade extrema pode ser patológica.

O Agente — Uma doença? É isso que acha?

A Voz — Talvez, não uma doença, um distúrbio.

O Agente — Distúrbio?

A Voz — É, uma perturbação.

O Agente — Então sou um perturbado?

A Voz — Talvez você esteja perturbado, é isso que estou querendo dizer.

O Agente — O Asimov também usava dentadura.

A Voz — Não estamos conseguindo comunicação.

O Agente — O Chaplin também usava dentadura.

A Voz — Você não pode ficar aqui trancado o tempo todo.

O Agente — O Hitchcock também usava.

A Voz — Você não pode ficar tanto tempo longe do sol.

O Agente — E o Stevenson? Aquele da *Ilha do tesouro* e de *O médico e o monstro*, que me diz dele?

A Voz — Para com isso! Eu estou falando com você!

O Agente — E o Tolstói, aquele boca de caçapa?

A Voz — Para com isso! Você está me assustando, está fazendo aquele olhar de novo.

O Agente — E o Eça de Queirós? Aquele bigodão era para esconder os fiapos desalinhados que ele chamava de dentes.

O Agente — Vaidade! Pura vaidade!

O Agente — Vaidade e orgulho, o caminho do inferno.

4

I

Não chega a ser um pensamento,
é mais profundo do que isso.
    Mais obscuro,
abstrato.
    Não chega a ser um pensamento,
é como um *flash*,
é como luz.
    Clarões rápidos,
intensos.
    Não chega a ter forma
ou imagem,
é algo que esbarra na teia
onde se fiam todas as nossas lembranças,
todo o nosso conhecimento,
todas as impressões,
toda a memória
ancestral.
    Essa luz espouca
na teia,
fazendo vibrar uma corda
ou várias.
    Tudo se mistura,
tudo se confunde.
    É como um *flash*.
    Múltiplos
flashes.
    Cada um dos fios da teia
está ligado a uma emoção,
a uma sensação.
    Quando vibram muitas
de uma vez,

as emoções
se misturam.
    Vários fios
iluminados ao mesmo tempo
enviam sinais
trocados.
    Penso uma coisa,
mas sinto outra.
    Não chega a ser um pensamento,
são luzes.
    Relâmpagos
na escuridão
de meu ser.
    Linhas
cruzadas.
    Sinto os clarões,
sou atingido por eles
enquanto mastigo
minha língua.
    Como uma tempestade,
isso, sim, é um *brainstorming*.
    Clarões
incontroláveis
sem causa,
mas com efeito
devastador.
    Permaneço
deitado,
quase sempre
sozinho.
    Hóspede
e hospedeiro.
    De luzes

que estouram
nos fios
da vasta
teia.

II

A Voz — Faz uns três dias que, quando chego, te encontro deitado.
    O Agente — É preciso guardar forças.
    A Voz — O Maestro me falou sobre o problema que você teve.
    O Agente — Problema?
    A Voz — Ele me contou sobre a sua internação.
    O Agente — Sei.
    A Voz — Eu não sabia, você devia ter me contado.
    O Agente — Eu procuro esquecer.
    A Voz — Bem que eu falei que essa sua obsessão pelas imagens do cigarro e essa sua mania de querer se isolar do mundo pareciam sintomas de um distúrbio.
    O Agente — Mas eu estou bem.
    A Voz — Você não está bem.
    O Agente — Só estes escotomas me incomodam.
    A Voz — Olhe o seu travesseiro.
    O Agente — O que tem?
    A Voz — Está cheio de sangue.
    O Agente — Eu mordi a língua enquanto dormia.
    A Voz — Você deve ter tido um acesso, um ataque... Essa quantidade de sangue não é normal.
    O Agente — Eu te disse que mordi a língua.
    A Voz — Para sangrar tanto assim, você deve ter mordido várias vezes seguidas.

O Agente — Vai ver que foi isso.

A Voz — E você passa o dia todo deitado, trancado. Isso não é normal.

O Agente — Eu estou bem.

A Voz — Você passa horas calado, com um olhar distante, perdido.

O Agente — Só estou pensando.

A Voz — No quê? No que você anda pensando?

O Agente — Em nada específico.

A Voz — Está vendo? Você não está pensando, está alheio, está distante.

O Agente — Você já viu um quadro do Magritte que tem uma menina comendo um passarinho?

A Voz — Não.

O Agente — Eu vi num livro.

A Voz — E por que está falando isso agora?

O Agente — Porque o olhar dela era assim, perdido.

A Voz — Acho que é melhor chamar um médico.

O Agente — Você não está se sentindo bem?

A Voz — Chamar um médico pra você.

O Agente — Pra mim?

A Voz — Você precisa se medicar, eu nunca vi você se medicando.

O Agente — Eu me sinto muito bem.

A Voz — Você é bipolar! O Maestro me disse.

O Agente — Bipolar não são os ursos?

Ela bufa.

O Agente — Eu só estou guardando forças.

A Voz — Guardando forças pra quê?

O Agente — Tudo tem o seu tempo.

A Voz — Você tem comido?

O Agente — Hum, hum.

A Voz — Tem comido? Não foi isso que o serviço de quarto me informou.

A Voz — E por que você não deixa eles limparem o quarto?

O Agente — Porque eu quero ficar sozinho.

A Voz — Você não sente o cheiro deste quarto?

O Agente — É bom aqui. O livro comentava que o mais perturbador não é o fato da menina estar comendo o passarinho, o desconcertante é que ela come com um olhar apático. Ela come o passarinho sem fome. É isso que choca. Se não está com fome, por que ela come o passarinho?

A Voz — O cheiro deste quarto está insuportável, suor e cigarro.

O Agente — Ela não está comendo o passarinho de raiva, não, ela não parece estar nervosa. Então, por que ela come?

A Voz — O Maestro me convidou para passar o fim de semana com ele no sítio.

A Voz — Você ouviu o que eu falei?

O Agente — Ele quer te comer.

A Voz — Eu já disse pra você não falar assim do Maestro!

O Agente — Ele vai te comer no matinho.

A Voz — Chega!

O Agente — Você já trepou no matinho?

A Voz — Eu vou sair.

O Agente — Você quer dar pra ele?

A Voz — Este é o meu limite, chega!

O Agente — Vai se foder!

Vai se foder!
Vai se foder!
Vai se foder!

Flashes.

    Flashes
estouram,
acionando a teia.
    Procuro ranger os dentes
com a língua
entre eles.

    Vai se foder!

    Guardo forças.
    Preciso de muita energia
para concretizar o meu plano.
    Preciso jejuar.

    Está tudo planejado.
    Cuidadosamente planejado.
    Ela pesa em torno de sessenta quilos no máximo.
    Se eu conseguir comer cinco quilos de carne por dia,
seis vezes cinco, trinta,
em menos de dez dias
não sobrará mais nada.
    Será que eu como cinco quilos num dia?
    Será preciso comer,
senão a carne estraga
e vai me dar dor de barriga.
    Vou fazer igual à menina:
vou comer
mesmo se não estiver com vontade.
    Vai ver que é por isso que a menina tem aquela expressão.
    Vai ver que ela já comeu muitos outros
antes de ser retratada comendo aquele.
    Tenho que descontar o peso
dos ossos.

Quanto pesa um fêmur?
Acho que não chega a um quilo.
Não, um fêmur deve pesar uns quinhentos gramas.
E um crânio?
As falanges são levinhas.
Falange, falanginha, falangeta.
Falange, falanginha, falangeta.
Falange, falanginha, falangeta.
Falange, falanginha, falangeta.
Carpo, metacarpo.

III

Quando a tábua
cedeu,
pela primeira vez
mergulhei no abismo.
    A água
fria no fundo
gelou meu corpo.
    Meu pequeno corpo.
    E tornou frio
também o que sou.
    Quando avistei o monstro
e o reconheci,
de medo
projetei sua imagem
nos outros.
    Na espera,
na fria e obscura
espera.
    Luzes

acionaram
a teia.
    Procurei fugir
inutilmente
de mim.
    Você sabe
o que acontece
quando fitamos o abismo.
    O tapa-banguela
assim falou.
    O que ele não disse
foi que, quando olhamos o abismo,
nos encontramos.
    Eu
sou o monstro.
    Sou o monstro
destruidor
de castelos
de areia.
    Assassino
do cão.
    Eu me alimentei
de ódio e rancor
por dez longos anos.
    Então avancei o portão
e o vi
deitado,
velho,
cego.
    Mesmo assim,
sei que ele me reconheceu,
talvez pelo cheiro
de ódio

que eu exalava.
    Ele tentou se erguer,
mas não pôde.
    Eu esperei.
    Eu o desafiei
a levantar,
mas ele não pôde.
    Então golpeei sua cabeça
e ele gritou
assustado,
e isso me fez transbordar
de prazer.
    Depois do primeiro golpe,
não conseguimos mais parar.
    Não queria que ele morresse,
porque era tão bom golpeá-lo.
    A cada golpe,
ele reagia com grunhidos e lamentos.
    Mas ele não aguentou
e morreu,
e perdeu toda a graça.
    Por isso, eu parei
antes mesmo dele quitar
o que me devia.
    Agora me alimento
novamente
de rancor,
e estou sedento
por sua volta.
    Ela não era nada
antes que eu descobrisse
o seu valor.
    Mas o Maestro,

o velho Maestro,
a roubou de mim.
    Mas, se eu a descobri,
a quem ela pertence?
    E eu espero que ela resista
a todos os incontáveis golpes
que merece.
    Estou fraco
agora,
mas sei que basta começar,
basta o primeiro,
para ganhar
força.
    Então
ela vem,
a força.
    Uma força desmedida,
plena de revigorante prazer.
    E depois dela
será o Maestro.
    E depois
o filho dele.
    E depois minha ex.
    E assim seguirei.
    E esse do vitiligo
também,
e quem mais
cruzar meu caminho.
    Reunirei
todos
no inferno,
em meu nome.
    Ninguém mais vai me ferir

com olhares
ou palavras.
 Ou com descaso.
 Ninguém mais
me abandonará
sozinho
num quarto
de hotel
às minhas próprias custas.
 Ninguém mais me internará,
como se o que sofro
fosse loucura.
 É de humanidade
que sofro.
 Ninguém mais me dirá
o que é certo
ou errado,
porque
cada um deve
ter seu juízo.
 Um dia,
minha tia
minha sorte
tirou
nas cartas
de seu maldito tarô.
 Desmascarado
no destino traçado
por imagens medievais,
tentei negar
minha natureza,
mas minha tia preferiu acreditar
no juízo que o baralho
fazia de mim.

O tarô não prevê apenas o futuro:
nele se grava
também o que se passou.
   Além disso,
na disposição,
na arrumação da mesa,
nas dez cartas dispostas,
a sétima carta tirada
representa
o consulente
e a nona revela
suas emoções interiores.
   Ninguém
engana
o jogo.
   O tarô
é um jogo
que sempre
perdemos.
   O jogo
do destino.

1 — O presente
2 — Influência imediata
3 — Destino
4 — O passado distante
5 — O passado recente
6 — Influência futura
7 — O consulente
8 — O ambiente
9 — Emoções íntimas
10 — Resultado final

Quando titia
me desmascarou,
nunca mais
fomos
os mesmos.
　　Nunca mais
fingimos
ser
o que não somos.
　　Por isso
tive que deixar
sua casa,
minha casa.
　　Você sabe o que é ver,
nos olhos de quem você mais ama,
medo?
　　Medo
do monstro
que você não conseguiu
esconder?
　　Somos
o que somos,
seremos
as consequências.
　　Quando
tentei voltar,
minha tia fingiu
não me conhecer.
　　Me olhou da janela
com seu olhar de terror.
　　Olhar igual ao meu
quando me avistei
no fundo do poço.

Depois cerrou
as cortinas.

   Se eu tivesse
conseguido concretizar o meu plano,
se a Voz da Ternura tivesse feito sua parte
do acordo,
e me permitido
dela cuidar,
o monstro permaneceria
dormente,
e o mundo
estaria
protegido
de mim.

   Se aquela tábua
não se tivesse partido,
eu não saberia
quem sou.

IV

A Voz — Meu Deus! Olhe pra você!
   O Agente — Não me sinto bem, estou fraco.
   A Voz — Você está febril.
   O Agente — Você também não parece bem.
   A Voz — Veja, você fez as necessidades na cama!
   O Agente — Estou fraco, não consigo levantar.
   A Voz — Venha, eu vou te dar um banho.
   O Agente — Não consigo levantar.
   A Voz — Eu vou te ajudar, você precisa comer.
   O Agente — Dói meu estômago.

A Voz — Você não comeu nada esses dias?
O Agente — Não.
A Voz — Me diga o que quer, vou pedir pra você.
O Agente — Quero carne.
A Voz — Vou pedir.
O Agente — E você? Por que está tão abatida?
A Voz — Você tinha razão.
O Agente — Aquele desgraçado, o que ele te fez?
A Voz — Foi tão humilhante.
O Agente — Eu falei que você não devia sair.
A Voz — Eu sei.
O Agente — Eu falei que cuidaria de você.
A Voz — Eu devia ter te ouvido.
O Agente — Que foi que ele fez?
A Voz — Ele deu uma festa no sítio.
O Agente — Ele abusou de você?
A Voz — Eles riram de mim.
O Agente — Riram?
A Voz — Ele reuniu um monte de gente, seus amigos...
O Agente — E riu?
A Voz — Ele disse que seria como se fosse a minha primeira apresentação.
O Agente — E riu?
A Voz — Todos riram.
O Agente — Mas ele já tinha te ouvido cantar.
A Voz — Já. E disse que tinha gostado. Mas era mentira. Eles riram de mim e de você.
O Agente — Ele não gosta de mim.
A Voz — Ele falava: "Essa é a grande descoberta dele".
O Agente — Desgraçado.
A Voz — Eu cantei uma ária inteira.
O Agente — Eles não podiam fazer isso com você.
A Voz — Eles riram de mim.

O Agente — Venha, eu vou cuidar de você. Aqui, estamos protegidos.

A Voz — Riram e atiraram tomates.

O Agente — Esse era o meu medo. Tomates. Que tipo de mundo é esse?

A Voz — Ele me levou para o sítio como se eu fosse uma piada.

O Agente — Ele vai pagar por isso!

A Voz — Deixa ele pra lá.

O Agente — Eu vou cuidar de você.

A Voz — Primeiro precisamos cuidar de você.

O Agente — Você vai me dar banho?

A Voz — Vou, e vou te cobrir de beijos e carinho porque você é a criatura mais doce que eu conheci. Você nunca riu de mim.

O Agente — Nunca.

A Voz — Aquele Maestro me usou como se eu fosse uma prostituta.

O Agente — Que horror.

A Voz — Você me trata com tanta doçura, e eu te abandonei aqui no momento em que você mais precisava. Eu vi que você não estava bem, mas, em vez de cuidar de você, eu o abandonei.

O Agente — Mas você voltou.

A Voz — Me perdoa?

O Agente — Claro.

A Voz — Venha, eu vou colocá-lo na banheira e chamar o serviço de quarto. Vou pedir que troquem os lençóis e vou abrir as cortinas para arejar um pouco o ambiente.

O Agente — Você canta pra mim?

A Voz — Só pra você. Só você merece o meu canto.

O Agente — Eu amo sua voz.

A Voz — E você me conta mais histórias?

O Agente — Claro, todas as que eu conheço.

A Voz — Você vai cuidar de mim?

O Agente — Com imenso prazer.

Ela sorri,
comovida.
Toco a maciez de sua pele.

O Agente — Quanto você pesa?
A Voz — Cinquenta e seis quilos, por quê?
O Agente — Por nada.

Lourenço Mutarelli nasceu em 1964, em São Paulo. Publicou diversos álbuns de quadrinhos, entre eles *Transubstanciação* (1991) e a trilogia do detetive Diomedes: *O dobro de cinco*, *O rei do ponto* e *A soma de tudo I* e *II*. Escreveu peças de teatro — reunidas em *O teatro de sombras* (2007) — e os romances *O cheiro do ralo* (2002; adaptado para o cinema), *Jesus Kid* (2004), *A arte de produzir efeito sem causa* (2008) e *Miguel e os demônios* (2009), os dois últimos publicados pela Companhia das Letras. *O natimorto* foi adaptado para o cinema por Paulo Machline, em 2008.

Copyright do texto e das ilustrações © 2009 by Lourenço Mutarelli
Publicado originalmente em 2004 pela editora DBA, São Paulo.

*Grafia atualizada segundo o Acordo Ortográfico da Língua
Portuguesa de 1990, que entrou em vigor no Brasil em 2009.*

Projeto gráfico
Kiko Farkas, Mateus Valadares e André Farkas/ Máquina Estúdio

Ilustrações
Lourenço Mutarelli

Preparação
Márcia Copola

Revisão
Marise Leal
Arlete Zebber

Os personagens e as situações desta obra são reais
apenas no universo da ficção; não se referem a pessoas e
fatos concretos, e não emitem opinião sobre eles.

Dados Internacionais de Catalogação na Publicação (CIP)
(Câmara Brasileira do Livro, SP, Brasil)

Mutarelli, Lourenço
  O Natimorto: Um musical silencioso / Lourenço
Mutarelli. — São Paulo : Companhia das Letras, 2009.

  ISBN 978-85-359-1519-8

  1. Romance brasileiro I. Título.

09-08324   CDD-869.93

Índice para catálogo sistemático:
1. Romances: Literatura brasileira   869.93

[2022]
Todos os direitos desta edição reservados à
EDITORA SCHWARCZ S.A.
Rua Bandeira Paulista, 702, cj. 32
04532-002 — São Paulo — SP
Telefone: (11) 3707-3500
www.companhiadasletras.com.br
www.blogdacompanhia.com.br
facebook.com/companhiadasletras
instagram.com/companhiadasletras
twitter.com/cialetras

Esta obra foi composta pela Máquina Estúdio
em Janson Text e Aaux e impressa
pela Gráfica Paym em ofsete sobre
papel Pólen Bold da Suzano S.A. para a
Editora Schwarcz em janeiro de 2022

A marca FSC® é a garantia de que a madeira
utilizada na fabricação do papel deste livro
provém de florestas que foram gerenciadas
de maneira ambientalmente correta, social-
mente justa e economicamente viável, além
de outras fontes de origem controlada.